Gröls Verlage

„BÜCHER SIND WIE FALLSCHIRME. SIE NÜTZEN UNS NICHTS, WENN WIR SIE NICHT ÖFFNEN."

Gröls Verlag

Redaktionelle Hinweise und Impressum

Das vorliegende Werk wurde zugunsten der Authentizität sehr zurückhaltend bearbeitet. So wurden etwa ursprüngliche Rechtschreibfehler *nicht* systematisch behoben, denn kleine Unvollkommenheiten machen das Buch – wie im Übrigen den Menschen – erst authentisch. Mitunter wurden jedoch zum Beispiel Absätze behutsam neu getrennt, um den Lesefluss zu erleichtern.

Um die Texte zu rekonstruieren, werden antiquarische Bücher von Lesegeräten gescannt und dann durch eine Software lesbar gemacht. Der so entstandene Text wird von Menschen gegengelesen und korrigiert – hierbei treten auch Fehler auf. Wenn Sie ebenfalls antiquarische Texte einreichen möchten, finden Sie weitere Informationen auf www.groels.de

Viel Freude bei der Lektüre wünscht Ihnen das Team des Gröls-Verlags.

Adressen

Verleger: Sophia Gröls, Im Borngrund 26, 61440 Oberursel

Externer Dienstleister für Distribution & Herstellung: BoD, In de Tarpen 42, 22848 Norderstedt

Unsere „Edition | Werke der Weltliteratur" hat den Anspruch, eine der größten und vollständigsten Sammlungen klassischer Literatur in deutscher Sprache zu sein. Nach und nach versammeln wir hier nicht nur die „üblichen Verdächtigen" von Goethe bis Schiller, sondern auch Kleinode der vergangenen Jahrhunderte, die – zu Unrecht – drohen, in Vergessenheit zu geraten. Wir kultivieren und kuratieren damit einen der wertvollsten Bereiche der abendländischen Kultur. Kleine Auswahl:

Francis Bacon • Neues Organon • **Balzac** • Glanz und Elend der Kurtisanen • **Joachim H. Campe** • Robinson der Jüngere • **Dante Alighieri** • Die Göttliche Komödie • **Daniel Defoe** • Robinson Crusoe • **Charles Dickens** • Oliver Twist • **Denis Diderot** • Jacques der Fatalist • **Fjodor Dostojewski** • Schuld und Sühne • **Arthur Conan Doyle** • Der Hund von Baskerville • **Marie von Ebner-Eschenbach** • Das Gemeindekind • **Elisabeth von Österreich** • Das Poetische Tagebuch • **Friedrich Engels** • Die Lage der arbeitenden Klasse • **Ludwig Feuerbach** • Das Wesen des Christentums • **Johann G. Fichte** • Reden an die deutsche Nation • **Fitzgerald** • Zärtlich ist die Nacht • **Flaubert** • Madame Bovary • **Gorch Fock** • Seefahrt ist not! • **Theodor Fontane** • Effi Briest • **Robert Musil** • Über die Dummheit • **Edgar Wallace** • Der Frosch mit der Maske • **Jakob Wassermann** • Der Fall Maurizius • **Oscar Wilde** • Das Bildnis des Dorian Grey • **Émile Zola** • Germinal • **Stefan Zweig** • Schachnovelle • **Hugo von Hofmannsthal** • Der Tor und der Tod • **Anton Tschechow** • Ein Heiratsantrag • **Arthur Schnitzler** • Reigen • **Friedrich Schiller** • Kabale und Liebe • **Nicolo Machiavelli** • Der Fürst • **Gotthold E. Lessing** • Nathan der Weise • **Augustinus** • Die Bekenntnisse des heiligen Augustinus • **Marcus Aurelius** • Selbstbetrachtungen • **Charles Baudelaire** • Die Blumen des Bösen • **Harriett Stowe** • Onkel Toms Hütte • **Walter Benjamin** • Deutsche Menschen • **Hugo Bettauer** • Die Stadt ohne Juden • **Lewis Caroll** • *und viele mehr….*

Magda Trott

Goldköpfchens Glück und Leid

Erzählung für junge Mädchen

Inhalt

1. Kapitel
Aufruhr im Ort

Frau Barbara Wendelin saß am Fenster der Wohnstube; aber die blauen Augen schweiften nicht hinaus in die sommerliche Landschaft, sie schauten vielmehr tiefsinnig in die große Flickentruhe, die neben der jungen Frau stand. Was lag nicht alles darin! Knabenanzüge, einige Mädchenkleider, Wäschestücke und Strümpfe, Strümpfe, Strümpfe!

„Wie können drei Kinder so viel Strümpfe zerreißen!" Das war der Stoßseufzer, mit dem Frau Bärbel ein neues Paar Kinderstrümpfe zur Hand nahm, um an die Ausbesserarbeit zu gehen.

„Wenn sie doch erst wieder zurück wäre, meine gute Frau Leuschner!"

Der Ausruf galt der treuen Kinderfrau, die Bärbel seit Jahren im Hause hatte. Kurz nach der Geburt des zweiten Sohnes hatte man Frau Leuschner in die Villa nach Heidenau verpflichtet, seit sieben Jahren sorgte Frau Leuschner unermüdlich dafür, daß die drei Kinder der Mutter nicht gar zu viel Mühe machten. Frau Leuschner meinte selbst, daß mitunter acht Kinder nicht so viel zerrissen, nicht so viel Lärm und Unruhe machten wie allein die beiden Buben des Oberingenieurs Wendelin.

Hermann und Jürgen waren so ziemlich in ganz Heidenau bekannt. Die beiden hübschen, blonden Knaben, die mit so hellen Augen in die Welt schauten, wußten immer etwas Neues, und obwohl sich Frau Bärbel die größte Mühe gab, ihre Kinder zu sittsamen und bescheidenen Menschlein zu erziehen, ging mit den Knaben immer wieder das Temperament durch. Nicht immer wollte die Mutter die Autorität des Vaters anrufen. Sie hoffte, allein mit den beiden fertig zu werden, und nur im äußersten Falle klagte sie dem Gatten ihre Not.

Wie oft hatte Harald Wendelin sein goldhaariges Frauchen umgefaßt, wie oft hatte er lächelnd daran erinnert, daß Bärbel im Elternhause doch selbst ein kleiner Ausbund gewesen sei und daß auch dort die drei Kinder dem Apotheker Wagner manchen Lärm und manche Unruhe ins Haus getragen hatten.

An das Elternhaus dachte Bärbel auch jetzt, als sie Faden um Faden durch den schadhaften Strumpf zog. Jedesmal, wenn ihr bisheriges Leben an ihrem Geiste vorüberzog, trat in Bärbels Gesicht ein Zug tiefinneren Glückes. Das Leben schien wirklich nur Rosen für sie zu haben. Erst die glückliche Zeit im Elternhause. Wie hatte sie so herrlich mit den beiden jüngeren Brüdern, den Zwillingen Martin und Kuno, gespielt, dann kam die prächtige Jungmädchenzeit, der Aufenthalt bei der Großmutter in Dresden, alle die fröhlichen Backfischerlebnisse, dann die Lehrzeit im photographischen Atelier des Herrn Brausewetter – und zwischendurch immer wieder die Gestalt Harald Wendelins. Der junge Student war oft ins Haus der Eltern gekommen, und in Bärbels Herzen war sehr rasch innige Liebe zu dem tüchtigen Manne emporgekeimt. Noch war ihre Lehrzeit nicht beendet gewesen, da hatte ihr Harald Wendelin den goldenen Reif an den Finger gesteckt. Sie war die Seine geworden und lebte nun hier in Heidenau im Kreise ihrer Familie.

Die elfjährige Ehe war nur ein einziger Tag des Glückes und der Zufriedenheit gewesen. Goldköpfchen, so hatte man Bärbel genannt, als sie noch ganz klein gewesen war, als ihr die goldenen Locken beim wilden Lauf um die Stirn flatterten. Goldköpfchen hieß sie auch in der Schule; ja sogar in der Lehrzeit war mitunter dieser Name gefallen. Und heute? Wenn sie den Kopf zärtlich an die Brust des Gatten schmiegte, tönte auch jetzt noch dieser Name von seinen Lippen.

„Mein liebes, liebes Goldköpfchen!“

Die Blicke der jungen Frau schweiften durch das behaglich eingerichtete Zimmer. Dort in der Ecke stand auf drei Korbbeinen der sogenannte Flickenkorb. Er hatte bisher immer für die Näharbeit ausgereicht; aber seitdem Frau Leuschner in Urlaub gefahren war, mußte die Truhe hervorgeholt werden, um die ausbesserungsbedürftigen Sachen aufzunehmen. Allabendlich, wenn Goldköpfchen die Kleidung ihrer

Kinder kontrollierte, mußte sie allerlei mitnehmen. Vor allem war es ihr Ältester, der Hermann, der dafür sorgte, daß die Mutter stets Arbeit hatte.

„Unerhört!" Goldköpfchen hielt einen Knabenstrumpf hoch, der nicht nur an Ferse und Zehen große Löcher aufwies –, am Bein zeigten sich kreisrunde zerrissene Stellen, die beinahe darauf schließen ließen, daß man daran absichtlich ein Werk der Zerstörung vorgenommen hatte.

„So geht das auf die Dauer nicht weiter! Nächstens muß Hermann lernen, Strümpfe zu stopfen. Arme Mutter, was magst du zu tun gehabt haben! Ob ich auch so viele Strümpfe zerriß?"

Von unten herauf wurde ein langgezogenes Pfeifen hörbar, dann stürmte ein zehnjähriger Knabe die Straße entlang, blaurot vom schnellen Laufen. Im Vorgarten blieb er stehen und schöpfte Atem, dann nochmals das schrille Pfeifen.

Frau Bärbel öffnete das Fenster.

„Hermann, komm einmal herauf!"

Der Gerufene kam, eilte auf die Mutter zu, umschlang sie stürmisch und tutete ihr so kräftig ins Ohr, daß Goldköpfchen erschrocken den Kopf zur Seite bog.

„Ich bin der FD-Zug, Mutti, der Paul ist nur der D-Zug. Mich haben sie zum FD-Zug gemacht. Oh, bin ich gerast!"

„Bei dieser Hitze, Hermann! Ordentlich blau siehst du aus! Das ist schädlich!"

„Faß mich mal an, Mutti, ich dampfe wie der FD-Zug."

Hermann riß die Matrosenbluse auf, Bärbel sah das durchfeuchtete Hemd.

„Gleich gehst du ins Schlafzimmer und trocknest dich ab."

„Der FD-Zug tropft unten auch. Ach, ich bin so schön naß. – Aber gerast bin ich, gerast –, wenn der Teufel neben mir hergelaufen wäre, er hätte es nicht geschafft. Und nun, Mutti, will ich dir noch was zeigen. Heute in der

Turnstunde sind wir auf den Händen gelaufen. Paß mal auf, Mutti, ich kann es beinahe auch schon."

Bevor Frau Bärbel etwas erwidern konnte, hatte sich Hermann einen Aufschwung gegeben; eine Sekunde lang stand er auf den Händen, dann schlugen die Beine nach vorn über, gerade in Bärbels Nähkorb hinein.

„O weh, Mutti, ich glaube, ich kann's noch nicht richtig."

Garnrollen, Knöpfe, Nähnadeln, alles kollerte durcheinander auf der Erde herum.

Goldköpfchen wußte nicht recht, ob sie den durchnäßten Knaben erst zum Auflesen der Sachen anhalten oder ihn aus dem Zimmer schicken sollte, damit er sich umkleide. Aber die Gesundheit ging ihr wohl vor.

„Du reibst dich sofort ab, Hermann, dann kommst du wieder und sammelst den Nähkorb zusammen. – Halt – du läufst nicht noch einmal auf den Händen, laß den Unsinn!"

Hermann hatte einen neuen Versuch unternommen und war dem großen Spiegel bedenklich nahe gekommen, so daß Frau Bärbel für das kostbare Stück zitterte.

„Ich muß es lernen, Mutti. Jetzt fährt der FD-Zug in den Bahnhof."

„Sssssssssst" – da war er weg. Ein paar Türen krachten, daß das ganze Haus zitterte, dann war Ruhe.

Bärbel hielt noch immer den durchlöcherten Strumpf in der Hand. Es würde nicht lange dauern, da kam Hermann zurück; dann sollte er ihr Rechenschaft geben. Inzwischen nahm sie seine Leinenbluse vor, weil der Ärmel ein wenig aufgerissen war.

Eine genauere Besichtigung des Stückes ergab, daß an dieser Bluse kein einziger Knopf mehr vorhanden war.

„Was machen die Bengel nur immer mit den Knöpfen? – Unerhört!" Auch darüber wollte die Mutter dann Auskunft haben. Sie nähte die Knöpfe doch so fest an, und immer wieder fehlten einige daran.

Kaum fünf Minuten später war Hermann wieder im Wohnzimmer und schickte sich an, alles in den Nähkorb zu sammeln. Er legte sich langsam auf die Erde und rutschte auf dem Fußboden hin und her.

„Wisch doch nicht mit dem Anzug das Zimmer auf, Hermann."

„Ich bin ein Schwimmfisch, Mutti. Sieh mal her!"

Arme und Beine wurden gespreizt, das Rutschen begann erneut.

„Jetzt möchte ich zuerst einmal von dir wissen, Hermann, wie es kommt, daß dieser neue Strumpf so viele Löcher hat."

„Ja, Mutti, das kommt eben so. – Macht es dir viel Arbeit, die Löcher wieder zusammenzuflicken?"

„Natürlich."

„Dann laß mich doch lieber ohne Strümpfe gehen, wie der Ernst, der hat auch keine an."

„Wie kommen denn diese vielen Löcher in den neuen Strumpf?"

Eine Weile betrachtete der Knabe den Strumpf tiefsinnig; dann ging ein freudiges Leuchten über seine Züge.

„Au, Mutti, wir haben so schön gespielt. Einer war der Kaufmann, und wir sind die Ware gewesen. Ich war der Schweizerkäse. Da meinte der Martin, ein Schweizerkäse müsse Löcher haben. Da haben wir ein bißchen drin gebohrt."

„In den guten Strümpfen? Du weißt doch, daß alles viel Geld kostet, daß Vati all das Geld erst verdienen muß. Darfst du dann absichtlich deine Sachen zerstören?"

„Ach, Mutti", sagte Hermann, indem er Goldköpfchen umschlang, „du tust ja nur so, als ob du böse wärst. Ich kenne dich ja ganz genau."

„O nein, Hermann, ich bin sehr böse, wenn du absichtlich deine Sachen zerreißt."

„Bist du wirklich böse?"

„Wie ist es denn hier mit den Knöpfen? Wo tust du denn alle die Knöpfe hin?“

„Au, Mutti, das ist doch unser feines Spiel. Ich bin ein Auto; wir sind alle Autos, hier vorn ist der Motor, den kurbeln wir an. Sieh mal, Mutti, so!“

Hermann griff an einen Knopf seiner Jacke, begann ihn zu drehen. In demselben Augenblick fing er an, durch das Zimmer zu laufen.

„Jetzt kommt der zweite Gang, wir kurbeln noch einmal an.“

„Laß den Knopf los, Hermann!“

„Haha, Mutti, er ist schon ab!“ Hermann hielt der Scheltenden den abgerissenen Knopf hin. „Panne – das Auto steht! Siehst du, Mutti, nun muß der Chauffeur doch nach einer anderen Kurbelung suchen. – Der Vati hat immer gesagt: ›Jungens, man muß sich zu helfen wissen.‹ Siehst du nun, daß ich mir zu helfen weiß?“

„Ich werde dir auch helfen, Hermann. Du kurbelst den Motor nicht mehr an. Vor acht Tagen hast du aus der Bluse ein ganzes Stück Stoff mit herausgerissen. Deine Mutti möchte auch gern hinaus in den Sonnenschein gehen. Aber sie kann es nicht, weil sie immerfort für euch zu nähen hat.“

„Weißt du, ich will dir was sagen: näh nicht!“

„Und ihr lauft zerrissen herum.“

Hermann richtete die blauen Augen auf die zürnende Mutter, kam langsam näher, schmiegte seinen Kopf an ihre Schulter und sagte innig:

„Sei mal nicht traurig, bist doch mein liebes Goldköpfchen!“

„Hermann!“

„Ja, ja, du bist und bleibst mein liebes Goldköpfchen.“

„Ich bin deine Mutti, Hermann“, sagte die junge Mutter ernst.

„Weißt du, Mutti“, Hermann sprang mit einem Satz auf ihre Knie, „ich finde es sehr schön, daß du meine Mutti bist, aber in der Schule sage ich niemals ›Mutti‹, da sage ich immer, daß ich daheim ein schönes, liebes

Goldköpfchen habe. – Weißt du, Mutti, die anderen Kinder, die haben kein Goldköpfchen zur Mutti. Ich habe die Muttis vom Paul, vom Max, vom Erich und anderen gesehen. Ach nee, die möchte ich nicht haben. Ich möchte nur meine Goldköpfchen-Mutti."

„Es ist nicht artig von dir, Hermann, daß du deine Mutti ›Goldköpfchen‹ nennst."

„Der Vati tut es doch auch."

„Ja, mein Junge, das darf der Vati, aber nicht du."

„Schade", meinte Hermann nachdenklich. „Wenn ich aber so groß bin wie der Vati, dann darf ich?"

„Bist doch ein dummer Junge, Hermann. Nun geh und sieh einmal nach, wo Jürgen und Erna geblieben sind."

„Unten beim Onkel Forstrat."

„So laufe hinunter und hole die Geschwister herauf. Dann dürft ihr noch ein wenig im Garten bleiben oder könnt zusammen ein Stückchen spazierengehen. Aber nicht weit, Hermann. Es ist so schöner Sonnenschein draußen. Du paßt gut auf Jürgen und Erna auf. – Willst du sehr brav und vernünftig sein, Hermann?"

„Freilich, Mutti!"

„Und dafür sorgen, daß den beiden Kleinen nichts zustößt?"

„Und ob! – Ich bin der FD-Zug und sause immer vorneweg."

„Nein, Hermann, dann lasse ich dich nicht gehen. Dann bringst du Jürgen und Erna herauf. Vielleicht kann Mutti nachher noch ein wenig mit euch fortgehen."

„Ich werd's schon machen, Mutti. Ich werde aufpassen. Das kleine Mädchen wird schon artig sein. Wenn nicht, puffe ich sie."

„Aber, Hermann, du wirst doch nicht deine kleine Schwester puffen."

„Kommst du dann mit spazieren?"

„Ja, aber erst muß ich noch eine halbe Stunde nähen."

Wieder blickte Hermann nachdenklich auf die Hände der Mutter.

„Weißt du was, Gold – Goldmutti? Wir erfinden was. So was, was von alleine näht. Der Vati hat uns doch erzählt, daß es eine Maschine gibt, die ganz von allein Muster webt. Du mußt an deine Nähmaschine auch so was anschrauben. – Wollen wir jetzt was an deiner Nähmaschine erfinden?"

Bärbel wandte sich hastig nach rückwärts und breitete schützend beide Hände über die Nähmaschine aus.

„Nein, nein, laß nur deine Erfindungen bleiben, Hermann. An meiner Nähmaschine ist nichts mehr zu erfinden."

„Dann will ich mich mal mit dem Vati darüber unterhalten. Vielleicht könnten wir doch noch was erfinden."

„Schon gut, mein Junge. Jetzt geh hinunter zum Herrn Forstrat und hole die Geschwister. Ich werde nachher fragen, ob du mein braver Junge gewesen bist, auf den die Mutti stolz sein kann."

„Kannst du sein, Mutti." Dann wieder das schrille Tuten – Hermann stob aus dem Zimmer.

Als Goldköpfchen zehn Minuten später aus dem Fenster blickte, sah sie ihre drei Kinder durch das Gartentor gehen. Voran der siebenjährige Jürgen, der das dreijährige Schwesterchen an der Hand hielt, hinter beiden Hermann, mit der Kreiselpeitsche in der Hand. Sein lautes „Hü, hü, hott" schallte hinauf zu der Mutter, die lächelnd der kleinen Schar nachblickte.

Bärbel konnte unbesorgt die Kinder auf die Straße gehen lassen. Man wohnte etwas abseits, in einer ruhigen Gegend; nur selten verirrte sich um diese Tageszeit ein Wagen hierher. Außerdem hatte Harald von früh an darauf gedrungen, daß Hermann auf der Straße umsichtig wurde. Harald hielt es für richtig, den Kindern möglichst viel Bewegungsfreiheit zu lassen, um sie zu selbständigen Menschen zu erziehen.

Währenddessen zog Bärbel Faden um Faden durch die zerrissenen Strümpfe, nähte die fehlenden Knöpfe an, setzte kunstvoll einen neuen Hosenboden ein und legte schließlich die Arbeit zur Seite. Sie wollte sich jetzt auch ein wenig Erholung gönnen. In etwa einer Stunde kam Harald aus der Fabrik heim. Es würde nicht schwerfallen, die Kinder zu finden. Gemeinsam wollte man dann den Vater abholen.

Gerade im Begriff, den Hut aufzusetzen, hörte sie im Garten lautes Lärmen.

„Onkel Forstrat – Tante – Mutti – Fritz – kommt schnell, gleich geht es los!"

Bärbel eilte ans Fenster, beugte sich hinaus. Mit hochrotem Gesicht, voller Aufregung stand Hermann unten.

„Mutti", rief er hinaus, als er sie erblickte, „komm schnell! Gleich kracht die Brücke in die Luft!"

„Was ist los?"

„Gleich kracht die Brücke in die Luft! Weißt du, so wie damals, wo die Steine auseinandersprangen. – Mutti, komm schnell!"

„Was denn für eine Brücke? Warum kracht sie denn in die Luft?"

„Unser Direktor hat's eben gesagt. Wir waren an der Brücke, da hat er uns zugerufen, wir sollten fortgehen, weil die Brücke gleich in die Luft fliegt. – Mutti, komm schnell!"

Bärbel fuhr mit der Hand über die Stirn. Die Brücke? Freilich, die alte Brücke sollte schon lange abgerissen werden. Eigentlich war es doch undenkbar, daß man sie in die Luft sprengte.

„Das hat dir euer Direktor gesagt?"

„Jawohl, Mutti. Er kam vorbei, wir waren noch mit dem Max und dem Adalbert dort. Da hat er uns gesagt, wir sollen schnell fortgehen, weil die Brücke gleich in die Luft fliegt."

„Das ist doch kaum glaublich", ertönte von unten die Stimme des Forstrates. „Freilich, die Brücke ist alt. Ich denke, es ist das beste, ich gehe sofort einmal hin."

„Ich gehe auch!“ rief Frau Bärbel erregt. „Wenn sie die Brücke in die Luft sprengen, müßten sie doch absperren.“

„Ja, Mutti, es sind auch schon Leute gekommen. Da werden sie wohl das Zeug schon anbringen, womit sie die Brücke in die Luft knallen. Wie hieß es denn, Mutti?“

„Dynamit.“

„Na freilich, Mutti, sie bringen das Dynamit schon mit. – Und nun muß ich rasch wieder hin.“

„Warte, ich komme mit. Wenn nur den Kindern nichts geschieht!“

„Einen Augenblick, liebe gnädige Frau, ich komme auch mit!“ rief der Forstrat. „Schließlich will man doch sehen, wie eine Brücke gesprengt wird.“

Goldköpfchen war ein wenig nervös geworden. Die Kinder waren vorwitzig. Aber es waren doch sicherlich Vorsichtsmaßnahmen getroffen worden. Rätselhaft erschien ihr das alles freilich. Auch Harald hatte nichts davon erzählt, daß die alte Brücke gesprengt werden sollte. Kürzlich hatte er einmal geäußert, daß man die Brücke erneuern wolle. Aber so rasch ging das doch nicht.

In Begleitung des Forstrates machte sich Frau Bärbel auf den Weg. Unterwegs traf man Bekannte.

„Haben Sie schon gehört“, sagte Goldköpfchen, „daß man die alte Brücke sprengt?“

„Nein.“

„Die Kinder haben es mir soeben gesagt. Herr Direktor Pelzer hat sie von der Brücke gewiesen, das Sprengen soll sogleich beginnen.“

„Oh, dann kehren wir um und kommen mit.“

Und wieder traf man Bekannte.

„Direktor Pelzer sagte, daß die Brücke heute noch gesprengt wird. Es ist nichts bekanntgemacht worden, wir wollen trotzdem hingehen und zusehen."

Als Bärbel mit dem Forstrat an der Brücke ankam, standen dort etwa hundert Menschen. In der vordersten Reihe Hermann mit Bruder Jürgen und Erna. Daneben andere Kinder, die in fieberhafter Ungeduld warteten, daß es nun endlich loskrachen werde. Auch zwei Schupobeamte waren anwesend. Sie ließen die Leute zwar ungehindert die Brücke passieren, wunderten sich aber anscheinend über den Menschenauflauf.

Bärbel drängte sich durch die Menschenmauer hindurch zu den Kindern. Von Vorbereitungen war nichts zu sehen. Aber rings um sie herum erzählten die Leute, daß die Brücke heute in die Luft fliege. Fachleute seien schon unterwegs. Sie müßten bald hier eintreffen, und auch mit den Absperrmaßnahmen würde sogleich begonnen werden.

Barbara Wendelin beruhigte sich wieder. Solange die Leute mit dem Sprengstoff noch nicht anwesend waren, bestand keine Gefahr. Aber jetzt rief eine Stimme, daß unten am Brückenpfeiler schon gearbeitet werde.

„Sie legen jetzt wohl das Dynamit."

Bärbel faßte die Hände der Kinder fester. „Kommt, wir wollen gehen."

„Aber, Mutti, wo denkst du hin", sagte Hermann. „Das ist ein grandioses Schauspiel, sagen die Leute. Das sieht man nicht alle Tage. Wenn das Dynamit in die Luft geht, will ich dabei sein."

„Und ich auch", krähte Erna, die Dreijährige.

„Weißt du, Mutti, was ich möchte", meinte Jürgen. „Ich möchte mich mitten auf die Brücke setzen, mich gut festhalten und dann – hoppla, hoch in die Luft!"

„Jetzt – jetzt kommen sie!"

Aller Augen schauten dem Gefährt entgegen. Von Mund zu Mund ging die Kunde: sie kommen! Ein Drängen, ein Stoßen entstand.

Ein Geschäftswagen kam langsam näher, der Schupo mußte ihm einen Weg durch die Menge bahnen.

„Was ist denn hier los?"

„Die Brücke wird gesprengt."

Man wartete. – Dann kam wieder ein Wagen. Ein großer, roter Wagen, der spie das Wasser nach beiden Seiten, löschte den Staub und hielt an, weil er durch die Menschenmenge nicht fahren konnte.

„Siehst du, Mutti, das ist der Sprengwagen, dann geht es los, dann legen sie das Dynamit."

„Die Brücke wird gesprengt!" Bärbel wiederholte mehrmals diese Worte. Leise fragte sie Hermann: „Was hat dir Direktor Pelzer gesagt?"

„Wir sollen weggehen, weil die Brücke in die Luft kracht."

„Hat er euch gesagt, sie kracht in die Luft? Was habt ihr denn gemacht, waret ihr hier auf der Brücke?"

„Wir haben Regenwurm gespielt und Löcher gebohrt. Oh, das hat aber schön gestaubt. Dann kam der Direktor, da hat er gesagt, wir werden uns schmutzig machen."

„Ja, das hat er gesagt!" rief Jürgen. „›Schmutzfinken!‹ hat er gesagt."

„Und dann hat er gesagt", fuhr Hermann fort, „wir sollten lieber weggehen, auf die Wiese, hier würden wir uns noch dreckiger machen, und dann hat er gesagt, daß die Brücke in die Luft kracht."

„Daß die Brücke gesprengt wird, hat er gesagt, ja?"

„Ich werd's dir mal sagen, Mutti." Hermann reckte sich, legte eine Hand auf den Rücken, fuhr mit der anderen an die Augen, als wolle er die Brille geraderücken, machte dann ein paar langsame Schritte vorwärts, schob die Unterlippe ein wenig nach vorn, räusperte sich und sagte, ganz im Tonfall des Direktors: „Kinder, Kinder, was seid ihr für Schmutzfinken! – Hm, hm – aber macht, daß ihr fortkommt, sonst werdet ihr noch unsauberer. Die Brücke wird gleich gesprengt werden. – Hm, hm."

Dann stolzierte Hermann mit langsamen Schritten nochmals vor der Mutter her, wandte den Kopf zurück und rief erneut: „Geht nur heim, habt ihr's gehört? Die Brücke wird gesprengt. – Und dann, Mutti, dann habe ich mich angekurbelt und bin wie der Teufel zu dir gelaufen, denn du solltest doch auch sehen, wie die Brücke in die Luft kracht."

Goldköpfchen schaute ihren Ältesten an. Sie wußte im Augenblick nicht recht, ob sie lachen oder dem Knaben einen Verweis erteilen sollte. Schon seit langem hatte sie an Hermann dessen fabelhaftes schauspielerisches Talent bewundert. Hermann hatte die seltene Gabe, alle Menschen, die ihm begegneten, nachzuahmen. In der Schule blieb kein Lehrer verschont. Oft genug hatte er der Mutter erzählt, daß er bald diesen, bald jenen Studienrat nachahme, daß er die Mitschüler schon oftmals angeführt habe. Die Pause hatte er einmal abgekürzt, indem er mit der Stimme des Direktors oben aus einem Fenster rief: ›Kommt rasch herauf!‹ Der Schulhof hatte sich geleert, lachend hatte Hermann die Schüler in Empfang genommen und dafür allerdings eine Tracht Prügel bekommen.

„Ja, Mutti, er hat uns gesagt, daß die Brücke in die Luft kracht, und er muß es wissen."

Hinter Frau Bärbel ertönte jetzt lautes, dröhnendes Lachen. Das war der Forstrat.

„Frau Goldköpfchen, jetzt sind wir die Blamierten!"

Bärbel schlug die Augen zu Boden. Es war ihr unsäglich peinlich.

„Sie kommen, sie kommen", tönte es von hinten her. „Jetzt kann es doch nicht mehr lange dauern."

„Ich denke, Frau Goldköpfchen", flüsterte der Forstrat, „wir drücken uns ganz leise, gehen über die gesprengte Brücke hinweg und verschwinden."

„Kommt!" sagte Bärbel zu den Kindern.

„Aber, Mutti", protestierte Hermann. „Wenn die Brücke doch gleich in die Luft fliegt."

Bärbel hätte am liebsten dem Knaben die Hand auf den Mund gelegt.

„Kommt nur, die Brücke fliegt noch nicht in die Luft."

„Doch, der Direktor hat's gesagt, sie kracht in die Luft."

„Ja, ja, Hermann", meinte der Forstrat. „Das sehen wir von der anderen Seite besser. Wollen rasch über die Brücke gehen."

„Und wenn sie dann gerade in die Luft kracht?" meinte der Knabe. „Gerade, wenn wir mitten drauf sind?"

„Wir müssen uns eben beeilen."

„Tut, der FD-Zug kommt!" Hermann raste wie ein Wahnsinniger über die Brücke. Er konnte es aber nicht unterlassen, unterwegs einem Passanten zuzurufen: „Vorsicht, gleich kracht die Brücke in die Luft!"

Bärbel blickte nicht nach rechts, nicht nach links. Sie hielt die kleine Erna fest an der Hand. Von Zeit zu Zeit schlug das Lachen des Forstrates an ihr Ohr.

„In meiner Jugend sagte man, ich könnte mich kugeln vor Lachen."

„Onkel Forstrat, dann kugele dich doch mal", meinte die kleine Erna.

„Später, kleines Fräulein."

„Ach nein, Onkel Forstrat, kugele dich jetzt gleich."

„Jetzt kann ich das nicht, jetzt habe ich die dicke grüne Jacke an."

„Dann zieh doch die Jacke aus und kugele dich. Bitte, lieber Onkel, kugele dich."

„Sei still, Erna, quäle den Onkel Forstrat nicht."

„Kannst du dich auch kugeln, Mutti?"

„Nein, mein Kind."

„Kann sich nur ein Mann kugeln?"

„Jawohl."

„Kann sich der Vati kugeln?"

„Sei doch nicht so neugierig, Erna!"

„Erna will doch nur wissen, ob sich der Vati kugeln kann."

„Tuuuuut – der FD-Zug macht halt. – Bahnhof! So, Mutti, bleiben wir nun hier stehen?"

„Nein, wir gehen den Vati holen."

„Geh du allein den Vati holen, ich bleibe hier und sehe zu, wie die Brücke in die Luft kracht."

„Die kracht gar nicht in die Luft, kleiner Mann."

„Ach, weißt du, Onkel Forstrat! Die kracht doch!"

„Nein, nein, mein Junge, die Brücke soll nur gesprengt werden."

„Mit Dynamit."

„Nein, mein Junge, mit Wasser. Hast du es nun begriffen?"

Einige Augenblicke schaute Hermann den Forstrat an, dann lachte er schallend los.

„Denkst du, Onkel! Die Brücke kracht heute doch noch. Meinst du, daß so viele Menschen zugucken würden, wenn man die Brücke nur mit Wasser bespritzt? Ach nee, Onkel Forstrat, so dumm sind wir nicht!"

„Onkel Forstrat, kugele dich doch."

„Später, später. Jetzt will die Mutti mit euch den Vati holen gehen."

Es bedurfte erst einer längeren Auseinandersetzung, ehe Frau Goldköpfchen im Verein mit dem Forstrat den Kindern klarmachte, daß es sich hier um ein Mißverständnis handele.

Hermann gab schließlich dem Direktor alle Schuld und blieb dabei, daß er gesagt habe, die Brücke werde gesprengt.

„Ich glaube fast, wir kommen zu spät. Die Fabrik ist längst geschlossen, wenn wir hinkommen. Beeilt euch."

„Wollen wir mal alle FD-Zug sein?"

„Nein."

Aber Hermann hatte schon den Bruder und die Schwester angefaßt, zerrte sie nach vorn. Bärbel mußte schnell die Hand der Jüngsten loslassen. Zehn Sekunden später ein lauter Aufschrei. Erna war gefallen, aber noch hielt sie Jürgen fest an der Hand, er schleifte die kleine Schwester ein Stück hinter sich her, stolperte dann selbst, Hermann sauste allein davon, und Bärbel konnte sich ihre beiden beschmutzten Kinder von der Straße aufheben und notdürftig reinigen.

„Der Vater wird sich nicht gerade über euch freuen."

Als man in die Nähe der Fabrik kam, in der Harald Wendelin tätig war, stellte Frau Bärbel fest, daß es bereits viel zu spät war. Ein Mann eilte an ihr vorüber, der rief ihr zu:

„Die Brücke wird heute noch gesprengt."

Bärbel wurde hochrot im Gesicht. Obwohl der Mann nicht wissen konnte, daß sie diese Nachricht weiterverbreitet hatte, fühlte sie sich doch beschämt.

Die Fabrik war erreicht; der Pförtner sagte ihr, daß Oberingenieur Wendelin bereits heimgegangen sei.

So kehrte man um und hatte bald die Villa erreicht. Harald war noch nicht daheim. Wahrscheinlich hatte er eine Besorgung zu machen. Unterdessen richtete Bärbel das Abendessen her.

Mit halbstündiger Verspätung traf er ein.

„Heute hat man mich ordentlich genasführt. Denke dir, Goldköpfchen, als ich aus der Fabrik komme, höre ich von allen Seiten, daß die alte Brücke gesprengt werden soll. Erst wollte ich es nicht glauben, aber man sagte mir, daß alles bereits vorbereitet sei. So bin ich denn hingegangen."

„Du auch?" Es klang sehr kleinlaut.

„Bist du auch dort gewesen, Goldköpfchen?"

„Ja."

„Warum sagst du das so zaghaft?"

„Ach, Häschen, du hast eine entsetzlich dumme Frau!“

„Tröste dich nur, mein Goldköpfchen, ich bin ja auch darauf hereingefallen. Habe keine Ahnung, wer diesen Unsinn aufgebracht hat. Was doch die Leute zusammenklatschen!“

„Weißt du wirklich nicht, wer das aufgebracht hat?“

„Irgendein Narr oder ein Spaßvogel.“

„Dein Sohn Hermann war es.“

„Aber, Goldköpfchen, wie soll denn der Junge auf solch eine Idee kommen, und wer glaubt es einem Kinde?“

„Alle haben es geglaubt.“ Und dann erzählte Goldköpfchen dem Gatten, wie sich alles verhalten habe, daß Direktor Pelzer, in bester Absicht, die Kinder von der Brücke gewiesen hatte, weil der Sprengwagen in der Nähe sei.

„Er sagte den Kindern, sie sollten fortgehen, weil die Brücke gesprengt würde. – So ist es gekommen.“

Da brach Harald Wendelin in lautes Lachen aus.

„Und an all dem Aufruhr ist mein Junge schuld? Na, aus dem kann was werden. Wenn das unsere guten Heidenauer erfahren, dann haben sie unseren Westen noch mehr auf dem Strich. Ich denke, es ist besser, wir schweigen diese Heldentat tot. – Wo sind sie denn, die Kinder?“

„Sie wollten gleich heraufkommen. Sie haben den armen Herrn Forstrat nicht losgelassen. Erna belästigt ihn in entsetzlicher Weise.“

„Beruhige dich nur, mein Goldköpfchen. Dem alten Herrn machen unsere Kinder viel Freude, er gibt sich gern mit ihnen ab. Er wird schon wissen, wie er die Quälgeister wieder los wird.“

„Nun soll er sich gar noch kugeln.“

„Was soll er?“ lachte Harald.

„Ach, Häschen, die Kinder sind ja mein ganzes Glück und meine Freude, aber sie machen mir doch mitunter den Kopf recht heiß.“

„Deinen lieben, goldenen Kopf.“

Mit strahlendem Lächeln schaute Bärbel zu dem Gatten auf, und zärtlich schmiegte sie sich an den geliebten Mann.

2. Kapitel
Die Dame von Welt

Wie an jedem Nachmittag, saß Goldköpfchen auch heute wieder am Fenster vor dem Nähtisch. Von Zeit zu Zeit blickte sie nach den im Garten spielenden Knaben. Erna, die Jüngste, weilte wieder unten beim Onkel Forstrat, der die Kleine über alle Maßen liebte, sich aber auch dauernd mit ihr neckte.

Hermann und Jürgen waren eifrig bei der Arbeit. Sie hatten sich vom Kaufmann ein großes Pappschild geben lassen, das den Kopf eines Mannes zeigte. Dieses Plakat war in einen Sandhaufen gesteckt; die Knaben bemühten sich, mit Hilfe einer Gießkanne aus dem Sand einen haltbaren Brei zu machen, denn der Männerkopf sollte ein Untergestell erhalten.

Jürgen bemerkte die Mutter am Fenster.

„Mutti, der Vati ist gleich fertig! Fein, nicht wahr?“

Goldköpfchen fand nun freilich, daß der Mann, der ein Schuhputzmittel anpries, mit ihrem Harald gar keine Ähnlichkeit habe. Sie wollte jedoch den Kindern die Freude nicht verderben und nickte. Ein Weilchen vertiefte sie sich wieder in die schwierige Arbeit des Flickens, doch plötzlich horchte sie auf. Sie hörte sich selbst unten im Garten.

„Häschen, liebes Häschen, wir wollen heute nachmittag ausgehen. Häschen, dein Goldköpfchen braucht ein neues grünes Seidenkleid mit blauen Spitzen. Und dann wollte ich dir noch sagen, Häschen, ziehe doch mal dem Jürgen die Hosen stramm, er ist so unartig.“

„Ich bin doch nicht unartig“, klang es zurück.

„Hast du gehört, Häschen, was er für ein ruppiges Scheusal ist. Ach, Häschen, dein Goldköpfchen hat Sorgen. Und nun, Häschen, gib mir noch einen Kuß."

Frau Bärbel warf die Arbeit auf den Tisch, beugte sich aus dem Fenster und rief energisch: „Hermann, was soll das?"

Hermann, der soeben den Sandhaufen erklommen hatte, um dem Pappkopf einen Kuß zu geben, schrumpfte in sich zusammen.

„Hast du mich gerufen, Mutti?"

„Was macht ihr denn dort unten?"

„Oh, Mutti", rief Jürgen, „er spielt Goldköpfchen, und das hier ist der Vati. Mutti, paß mal auf. Nu mach' weiter, Hermann."

Aber Hermann sah in die strafenden Augen der Mutter und begann im Sande zu wühlen.

„Mutti, er kann es fein, nicht wahr? Er hat genau so 'ne Piepstimme wie du. Hahaha, Mutti, ist das fein!"

„Ihr laßt jetzt das alberne Spielen sein, Kinder! Das ist ja gar nicht der Vati."

„Nee, das ist nicht der Vati", lachte Jürgen, „das ist der Onkel Forstrat mit dem Glatzkopp!"

„Du sollst so etwas nicht sagen, Jürgen."

„Weißt du, Mutti, heute dürfen wir wieder mal gar nichts."

„Ihr sollt artig spielen, dann habe ich nichts dagegen."

Jürgen hatte den Sandberg erklommen, versetzte dem Pappschild einige kräftige Stöße. „Oller Dussel, wenn wir doch nicht spielen dürfen."

Frau Bärbel seufzte. Wo hatte der Junge nur wieder diesen Ausdruck her? Sie erinnerte sich deutlich, daß sie diese Worte in ihrer Kindheit oftmals gebraucht hatte. Sie hatte deswegen manchen Verweis von der Mutter erhalten.

„Baut mal eine schöne Sandburg. Macht euch dabei aber nicht zu naß."

Dann wollte sich Frau Bärbel wieder an die Arbeit begeben, als sie unten das eigensinnige Aufkreischen ihrer Jüngsten hörte.

„Bin keine Pottifa!"

Erna kam aus der Wohnung des Forstrates gelaufen, stellte sich noch einmal vor die Fenster hin, stampfte mit dem Füßchen auf und rief vor Zorn krähend:

„Bin keine Pottifa!"

„Ja, ja", klang es gemütlich aus dem Zimmer heraus. „Bist doch eine."

„Ich bin doch keine Pottifa!"

Tränen des Zornes traten dem Kinde in die Augen. Die beiden Knaben sahen es, klatschten vergnügt in die Hände, umtanzten die kleine Schwester und jubelten:

„Pottifa! Pottifa! Pottifa!"

Dann fragte Jürgen den älteren Bruder: „Du, was ist denn das?"

Hermann zuckte mit den Schultern. „Sie ist eben eine Pottifa."

„Bin keine Pottifa!" brüllte jetzt die kleine Erna los. „Ich will kein Pottifa sein!"

Wieder riß Bärbel das Fenster auf. „Erna, was fällt dir ein!"

„Mutti, bin ich ein Pottifa?"

„Ja, Mutti, sie ist ein Pottifa!"

Inzwischen war der Forstrat in den Garten gekommen. Er lachte über das ganze Gesicht.

„Da habe ich ja was Schönes angerichtet, liebe, gnädige Frau." Und nun geschah etwas, was Bärbel das Blut siedend heiß ins Gesicht trieb. Erna lief mit geballten Fäusten auf den Forstrat zu, hämmerte auf ihn ein und rief erregt:

„Bin keine Pottifa!"

„Erna! Erna!"

Der Forstrat verbiß sich erneut das Lachen, hob den kleinen Eigensinn hoch, hielt ihm die Ärmchen fest und sagte begütigend: „Jetzt bist du freilich keine Pottifa, jetzt bist du ein unartiges Mädchen. Darfst du den Onkel Forstrat schlagen?“

„Hahaha, sie ist eine Pottifa“, kreischte Jürgen.

Da machte sich die kleine Erna aus den Armen des Forstrates frei, lief auf den Bruder zu; und schon im nächsten Augenblick lagen beide Kinder sich balgend auf der Erde. Hermann hatte die Hände in die Hosentaschen gesteckt und schaute schmunzelnd zu. Wenn Erna erlahmen wollte, rief er:

„Er hat gesagt, du bist 'ne Pottifa, hau ihn feste!“

Da stand die Mutter im Garten. Sie trennte die beiden Geschwister, die sich noch immer auf der Erde wälzten. Jürgen atmete schwer, die kleine, hitzige Schwester hatte ihm zu schaffen gemacht.

„Ich habe wenigstens die Bommel von ihrem Kragen.“ Er schwenkte die rote Quaste in der Luft. „Und du bist doch eine Pottifa!“

„Mutti“, schluchzte Erna, deren Gesicht über und über schmutzig war, „bin ich eine Pottifa?“

„Nein, aber ungezogene Rangen seid ihr alle drei. Für heute ist es aus mit dem Spielen. Ihr geht sogleich hinauf. Du, Erna, bittest zuerst den Onkel Forstrat um Entschuldigung.“

Zunächst stand die Kleine unbeweglich da und schoß Blitze aus ihren Kinderaugen zu dem alten Herrn hinüber.

„Nun, soll ich es zweimal sagen?“

„Onkel, ich bitte dir um Entschuldigung.“

Der Forstrat nahm die Kleine hoch, streichelte ihr zärtlich die Wange. „So ist es artig, und nun bist du auch keine Pottifa mehr, jetzt bist du wieder meine liebe kleine Freundin.“

Aber Erna hatte heute nichts mehr mit dem Forstrat im Sinn. Sie eilte gar bald von ihm fort und ging den Brüdern nach. Bärbel hörte nur noch die erregte Kinderstimme: „Na, warte nur, dir verhau' ich gleich, oller Lümmel!"

Der Forstrat trat an Frau Bärbel heran.

„An diesem Auftritt war ich leider schuld, liebe Frau Goldköpfchen, ich habe wirklich nicht geahnt, daß ich solch eine Tragödie damit heraufbeschwöre."

„Was ist eigentlich gewesen, Herr Forstrat? Ich hörte Erna schreien. Was will sie?"

Der Forstrat lachte. „Die Kleine spielt so gern mit mir Kratzbürste. Wenn ich mich nun unglücklicherweise gerade rasiert habe, zankt sie mich aus. Ich soll immer kratzen. Dann will sie mir einen Kuß geben. So auch heute. Ich sagte ihr, daß ich heute leider nicht kratze. Sie hat mich aber immer wieder umschmeichelt, ich solle es doch so einrichten, daß ich kratze. Die Kleine kann gar so niedlich betteln. Ein kleines, süßes Küßchen, nur so ein ganz kleines. Da sagte ich ihr, ›du bist wie die Madame Potiphar‹. Erst haben wir noch ein Weilchen zusammen geschäkert, dann wurde es mir zu viel, und ich sagte: ›Nun geh' fort, Potiphar.‹ Ein Wort gab das andere, und schließlich erklärte mir die Kleine, sie sei keine Pottifa; und als ich das behauptete, wurde die kleine Krabbe wild. Das ist alles."

„Ach, Herr Forstrat, was haben Sie mit meinen Kindern auszustehen!"

„Lassen Sie mir doch diese Freude, Frau Goldköpfchen. Solch ein alter Mann wie ich, der noch nicht gebrechlich ist, wird wieder jung, wenn ihn die Jugend umtollt. Ich möchte die drei Kinder und ihre kleinen Unarten nicht missen."

„Sie sind furchtbar gut und nachsichtig, Herr Forstrat."

„Mutti! Mutti! Der Großvater kommt!" Hermann stürmte in den Garten.

„Mutti, der Großvater kommt!" Es war die Stimme Jürgens.

„Gleich kommt der Großvater!" Erna brachte als dritte die Botschaft.

„Der Großvater? Woher wißt ihr das?"

„Ein Telegramm ist gekommen. Damals ist der Großvater auch hinter dem Telegramm hergekommen.“

Unten im Flur stieß Goldköpfchen mit dem Telegraphenboten zusammen, der ihr sagte, daß er oben dem Mädchen ein Telegramm abgegeben habe.

„Hurra, der Großvater kommt!“ schrie Hermann.

„Und das Schaukelpferd bringt er mir mit!“

„Und mir 'ne große Puppe mit Klapperaugen. Mutti, wann kommt der Großvater?“

Währenddessen hatte Goldköpfchen das Telegramm geöffnet, das ihr das Mädchen brachte.

„Mutti, wir gehen alle zur Bahn, nicht wahr?“

Hermann sah der Mutter aufmerksam ins Gesicht. Sie schien sich gar nicht zu freuen, daß der Großvater kam. Sie blickte noch immer auf das geöffnete Blatt.

Den Kindern dauerte es zu lange. Sie eilten davon. Es konnte gar nicht mehr lange dauern, dann kam der Großvater. Im vorigen Jahre war es genau so gewesen. Was er wohl mitbringen würde?

Währenddessen war Frau Bärbel mit dem Telegramm hinauf ins Wohnzimmer gegangen. Der Besuch, der sich ankündigte, den man nicht mehr absagen konnte, sagte ihr gar nicht zu. Nochmals las sie: „Große Überraschung für dich. Hoffentlich freudige. Komme heute abend besuchsweise zu der alten Freundin. Bitte um Aufnahme für drei Wochen. Hella Brodowin.“

Hella Brodowin! Das war die um zwei Jahre ältere Schulkameradin gewesen, die man nicht leiden konnte, weil sie stets ein unehrlicher, unaufrichtiger Charakter gewesen war. Niemals hatten sich freundschaftliche Bande um Bärbel und Hella geschlungen. Auch aus der Backfischzeit hatte Bärbel nur ein unangenehmes Erinnern an Hella. Damals war der Klub „Blau-Blümelein“ gegründet worden, der Klub, in dem Hella den jungen Mädchen geraten hatte, man müsse sich auflehnen gegen die Autorität der Eltern. Es war zu stürmischen Auftritten gekommen, bis Goldköpfchen eines Tages den Mut gefunden hatte, aus dem Klub auszutreten, in dem man sich gelobt hatte, zu allem zu schweigen, niemals eine Schulkameradin bloßzustellen, sie stets zu schützen. Hella Brodowin hatte diesen Schwur zu allerlei unschönen Dingen ausgenützt. Bärbel hatte durch sie gar manche Unannehmlichkeit gehabt.

Und später. Man hatte beim Verlassen der Schule verabredet, daß man sich nach zehn Jahren wieder treffen wollte. Wie hübsch war dieses Zusammenkommen doch damals gewesen. Man hatte viele liebe Erinnerungen aufgefrischt. Da war Hella Brodowin gekommen, übermäßig elegant gekleidet, und hatte den Frieden durch ihr lautes und auffallendes Benehmen gestört. Sie war zur Bühne gegangen, erzählte von rauschenden Erfolgen. Man hatte niemals etwas von ihr gehört. Nun plötzlich dieses Telegramm. Wie kam Hella dazu, Bärbel aufzusuchen, sich für drei Wochen als Besuch anzumelden? Man hatte keinen Briefwechsel unterhalten, man war sich fremd geworden. Und nun diese plötzliche Anmeldung?

Bärbel war ratlos. Konnte sie Hella die Aufnahme abschlagen? Konnte sie, wenn Hella kam, sagen, daß es unmöglich sei, sie zu beherbergen? Und gleich drei Wochen wollte die ehemalige Mitschülerin bleiben. Ja, wenn ihr Hella lieb gewesen wäre, würde dieser Besuch gewiß erfreulich sein; aber diese aufgeblasene, eingebildete Schauspielerin paßte so gar nicht zu der häuslichen Bärbel.

Goldköpfchen telephonierte nach der Fabrik und ließ Harald an den Apparat rufen.

„Es wird uns zunächst nichts übrigbleiben, als deine Bekannte aufzunehmen. Du kannst ihr aber gleich beim Kommen sagen, daß wir für drei Wochen nicht vorbereitet seien, zumal wir in den bevorstehenden Ferien mit den Kindern verreisen wollen."

„Na ja“, meinte Bärbel. „Vielleicht gefällt es ihr bei uns gar nicht. Wenn sie nur erst wieder fort wäre!“

Dann rief sie nach dem Mädchen, weil das Fremdenzimmer hergerichtet werden mußte.

„Ich weiß schon, gnädige Frau, Herr Wagner kommt.“

„Nein, Anna, es kommt eine bekannte Dame von mir, Fräulein Brodowin.“

„Aber Hermann ist doch schon zum Bahnhof gegangen, um Herrn Wagner abzuholen.“

Bärbel seufzte auf. Es gelang ihr noch, Jürgen und Erna abzufassen, die ebenfalls dem Großvater entgegengehen wollten.

Wie ungelegen kam dieser Besuch gerade jetzt! Frau Leuschner war nach Pommern zu ihrer verheirateten Tochter gefahren. Bärbel hatte ihr gern einen Urlaub von drei Wochen gegeben. Nun kam Hella Brodowin. Die Kinder würden natürlich die neue Tante nicht in Ruhe lassen. Bärbel hatte ein unbehagliches Gefühl, wenn sie daran dachte, daß ihre drei lebhaften Rangen gar oft mit Hella zusammen sein würden. Ob sie bei ihr viel Gutes lernten? Aber sie konnte Frau Leuschner unmöglich zurückrufen, diese hatte in Pommern ja Großmutterpflichten zu erfüllen, auch tat der ältlichen Frau die Ruhe recht gut.

Ohne Schwierigkeiten konnte Bärbel ausrechnen, wann der Zug in Dresden einlief. Von dort gab es dauernd Verbindungen mit Heidenau. Ein Fuhrwerk war immer am Bahnhof, das brachte Hella mit ihren wahrscheinlich zahlreichen Gepäckstücken nach der Villa. Bärbel schwankte lange, ob sie zum Bahnhof gehen sollte. Da sie aber nicht wissen konnte, ob sich Hella noch in Dresden aufhielt, zog sie es vor, den Besuch daheim zu erwarten.

Als Harald aus der Fabrik kam, war Hella Brodowin noch nicht eingetroffen. Dagegen kam Hermann mit finsterem Gesicht ins Zimmer.

„So viele Züge habe ich abgewartet. Warum kommt er denn nicht?“

Der Knabe war sehr enttäuscht, als man ihm sagte, daß man eine Dame erwarte. Sein Gesicht hellte sich aber auf, als er erfuhr, daß Hella Brodowin eine Schauspielerin sei.

„Au fein, mit der spiele ich Theater!"

Das war seine ganze Leidenschaft. Schon in der Schule gab er Sondervorstellungen, machte sich seine Stücke selbst, spielte Herren- und Damenrollen hintereinander und begeisterte damit seine Mitschüler. Hella Brodowin war für Hermann mit einem Schlage eine interessante Persönlichkeit geworden, die er sehnlichst erwartete.

Am späten Abend fuhr Hella Brodowin vor. Die Kinder lagen schon in tiefem Schlummer. In ihrer lauten Weise begrüßte sie die Hausfrau.

„Warst du nicht mächtig erstaunt über mein Telegramm? Wenn ich nicht fest davon überzeugt wäre, daß du dich über mein Kommen freust, mein Herzchen, wäre ich nicht gekommen. Aber ich habe nach meiner anstrengenden Tätigkeit ein großes Bedürfnis nach Ruhe. Oh, was hast du für einen reizenden Gatten! Bin ich Ihnen auch wirklich willkommen, Herr Wendelin?"

„Wir waren auf Ihren Besuch allerdings nicht vorbereitet, mein gnädiges Fräulein. Die großen Ferien stehen vor der Tür, unsere Erholungsreise ist ausgearbeitet und soll nicht aufgeschoben werden. Aber bis dahin haben wir ja noch volle acht Tage Zeit."

„Oh, Herr Wendelin, das tut mir leid. Natürlich sollen Sie meinetwegen Ihre Dispositionen nicht ändern. Ich habe mich nur danach gesehnt, wieder einmal mit Bärbel zusammen zu sein. Wir können später sehen, wie wir es einrichten. Zunächst bin ich hier und freue mich herzlich, in Ihnen einen so liebenswürdigen Gastgeber gefunden zu haben."

Man saß beim Abendessen. Hella plauderte vergnügt und viel.

„Ach, wenn ich an unsere Schulzeit, an die herrliche Backfischzeit zurückdenke. Haben Sie Ihre kleine, süße Frau damals schon gekannt, Herr Wendelin?"

„Jawohl, gnädiges Fräulein, ich kannte mein Bärbel schon als kleines Mädchen."

Hella Brodowin drohte Bärbel mit dem Finger, an dem vier unechte Ringe blitzten.

„Du hast mir niemals etwas davon gesagt, du kleine Heimliche. Aber so warst du immer. Ach, Herr Wendelin, wenn Sie wüßten, was wir für tolle Streiche ausgefressen haben! Bärbel war dabei wohl immer die Schlimmste. Weißt du noch, Schätzchen, wie wir den Klub ›Blau-Blümelein‹ gründeten? Du hast den Beitrag nicht zahlen wollen. Ich glaube, du hast das Geld vernascht, das du bekommen hast. Und dann hast du uns allerlei vorgeschwindelt."

„Ich glaube, du irrst dich, Hella", erwiderte Bärbel darauf.

„Und deine vielen Liebeleien mit den Schülern vom Kant-Gymnasium. Ach ja, hinter Bärbel Wagner waren alle her. Über dich hat man so manchen Klatsch erzählt."

„Und wie geht es Ihnen in Ihrem Beruf, mein gnädiges Fräulein?" versuchte Harald, sie abzulenken.

„Ganz vortrefflich. Zum Herbst wird ein großer Film mit mir gedreht."

„Sie sind beim Film? Ich glaubte Sie beim Theater."

„Beides, mein Freund. Ich habe so viele Anträge, aber man kann doch nicht alles annehmen. Ich war auch jetzt wieder von der bedeutendsten Filmfirma eingeladen, nach Island zu reisen. Ich habe es jedoch abgelehnt. Ich kenne Island wie meine Westentasche, und ich –"

„Na, na", meinte Bärbel trocken.

„In meinem Beruf kommt man viel in der Welt herum. Das verstehst du natürlich nicht, liebes Bärbel. Du bist eine Hausfrau, die am Kochherd steht, ich bin eine Dame der Welt und gehöre in die Öffentlichkeit."

„Ich wünsche dir, Hella, daß du dich in deinem Beruf so glücklich und zufrieden fühlst, wie ich es tue. Ich habe mein Heim, meine Kinder, ich möchte nichts anderes sein."

„Nun ja, mein Schäfchen. Ich freue mich, daß du so zufrieden bist. Als wir das letztemal zusammen waren, hattest du doch so manche Klage zu führen. Ja, ja, mein lieber Herr Wendelin, ich glaube, Sie machen unserem lieben Bärbel mitunter viel zu schaffen."

„Ich wüßte nicht, Hella, daß ich bei unserem damaligen Zusammensein irgendeinen Grund zum Klagen gehabt hätte. Du wirst es verwechseln."

„Schon gut, mein Herzblatt. Also hier lebt ihr? Ist es nicht sehr einsam?"

Bärbel atmete auf, als Hella endlich erklärte, sie wolle sich nun zurückziehen.

„Habt ihr auch genügend Bedienung? Ist jemand da, der mir beim Auspacken hilft?"

„Nein, Hella."

Obwohl Anna ganz gut hätte helfen können, lehnte es Bärbel ab. Die Art und Weise ihres Besuches verärgerte sie.

„Nun, dann muß ich es allein besorgen. Ich wollte euch nicht zumuten, auch noch meine Zofe zu beherbergen. Wenn man sein Leben lang an Bedienung gewöhnt ist, wird man ein wenig träge."

Hella war gegangen. Goldköpfchen wartete, bis die Tür des Fremdenzimmers ins Schloß gefallen war. Dann schaute sie zu Harald hin.

„Schade, daß die Schule erst in acht Tagen schließt!"

„Nun, diese acht Tage werden auch vergehen. Vielleicht fährt die junge Dame schon eher wieder ab. Ich glaube, es wird ihr bei uns nicht gefallen."

Es schien aber doch, als sage der Aufenthalt im Wendelinschen Hause dem Gaste zu. Schon zwei Tage später hatte Hella mit den drei Kindern herzliche Freundschaft geschlossen. Immer wieder erfand Bärbel eine Ausrede, um die drei aus der Nähe der Schauspielerin zu entfernen, doch unglücklicherweise war die junge Frau durch andere Besuche und Verpflichtungen stark in Anspruch genommen, so daß die Kinder ziemlich ohne Aufsicht waren.

Besonders Hermann war der auserkorene Liebling Hellas.

„Mein Junge“, sagte sie, „du hast fabelhaftes Talent. Weißt du auch, daß Kinder, die so gut begabt sind wie du, Tausende verdienen können? Da ist zum Beispiel ein kleiner Knabe, der Jacky Coogan, der im Film die verschiedensten Hauptrollen spielt. Er bekommt zehntausend Mark für ein Auftreten. Wenn ich dich empfehlen würde, Hermann, du könntest in einem Jahre Millionär sein.“

Mit weit geöffneten Augen lauschte der Knabe den Worten. Alles, was ihm Hella Brodowin erzählte, interessierte ihn aufs höchste. Für ihn war diese Schauspielerin etwas ganz besonders Feines und Vornehmes. Die blitzenden Ringe an den Fingern, die vielen Ketten um den Hals, die klirrenden goldenen Armbänder, alles das hatte er in solcher Fülle bei seiner Mutti niemals gesehen. Außerdem hatte Hella einen Schlafrock aus rosa Seide, mit aufgenähten bunten Blumen, und dazu rosa seidene Pantoffeln. Einfach fabelhaft! Das Interessanteste aber waren ihr Waschtisch und das kleine Tischchen daneben. Allerlei schöne Fläschchen und Büchschen standen darauf. Selbstverständlich hatte Hermann schon danach gefragt, was das alles wäre. Auch Jürgen betrachtete interessiert die vielen Fläschchen mit den kleinen Pinseln.

„Was ist denn das, Tante Hella?“

„Das braucht eine Dame von Welt.“

„Bist du eine Dame von Welt?“ fragte Jürgen.

„Natürlich, mein Kind.“

„Was ist denn das?“ fragte die kleine Erna.

„Oh, ihr süße Schafherde, eine Dame von Welt ist eine Dame, die von allen Leuten verehrt und gefeiert wird. Sie muß natürlich anders auftreten als zum Beispiel eure Mama. Das ist nur eine Hausfrau, aber ich bin eine Dame von Welt.“

Sechs Kinderaugen blickten bewundernd zu ihr auf. Jürgen tippte auf ein Büchschen, das ihm besonders gut gefiel.

„Das hier und all das andere, braucht das immer eine Dame von der anderen Welt?"

„Jawohl, kleines Dummköpfchen."

„Was machst du denn damit?"

„Damit macht man sich schön und interessant."

„Du bist doch immer schön", sagte Hermann bewundernd. „Du brauchst dich nicht noch schöner zu machen."

„Wann machst du dich denn immer schön?" fragte Jürgen.

„Früh und abends."

„Kann ich das nicht auch mal sehen?"

„Nein, nein, du süßes Schaf, das ist nichts für kleine Kinder." –

Mit diesem Ausspruch hatte Hella Brodowin die Neugier der Kinder erweckt. Sie saßen flüsternd zusammen, überlegten hin und her, wie sie es wohl anstellen könnten, um zu sehen, wenn sich eine Dame von der Welt schön und interessant machte.

„Möchtest du auch eine Dame von der Welt sein?" fragte Jürgen die kleine Schwester.

„Ja!" nickte diese.

„Ob die Mutti auch eine Dame von der anderen Welt sein möchte?"

„Nein", meinte Hermann. „Die Tante hat doch gesagt, unsere Mutti ist nur eine Hausfrau. Die Mutti hat auch nicht so schöne goldene und silberne Sachen. Die Tante muß furchtbar reich sein. Wenn du groß bist, Erna, mußt du auch so 'nen schönen Schlafrock haben wie sie."

Dann überlegten die drei erneut, wie man die Verschönerung der Dame von der Welt sehen könnte.

„Abends haben wir keine Zeit", stellte Hermann fest. „Da sind wir schon zu Bett. Aber früh, da schläft sie lange. Da müssen wir mal zu ihr. Oder am Sonntag."

„O ja, am Sonntag, das ist übermorgen!" –

An diesem Nachmittag fuhr Bärbel mit Hella nach Dresden. Kaum hatten die beiden Damen das Haus verlassen, als die drei Kinder in Hellas Zimmer huschten.

„Ich bin so neugierig", sagte Hermann, fiebernd vor Aufregung. „Ich möchte gar zu gerne wissen, was sie noch alles hat."

Dann ging das Staunen an. Im obersten Kommodenkasten lagen allerlei interessante Sachen. Handtaschen, die mit Gold und Silber bestickt waren, Strümpfe, mit einer Blume bemalt, und blaue, grüne, rosa Wäschestücke.

„Sie ist wirklich eine Dame von der anderen Welt", stellte Hermann fest. „Ich muß sie auch schon bewundern. Die Mutti hat das alles nicht."

Jürgen hatte indessen einige Büchschen geöffnet.

„Sieh mal das Rote hier, Hermann." Er tippte mit dem Fingerchen darauf und roch daran.

„Oh", rief Hermann voller Begeisterung, „das kenne ich. Damit beschmiert sich die Mutti die Fingernägel, und dann wischt sie darauf herum."

„Wollen wir mal probieren?"

Die Nagelpolitur wurde aufgestrichen. Aber auch die Schminke, die die Kinder nicht kannten, gab ein vortreffliches Tuschmittel ab.

„Hei, jetzt können wir Indianer spielen", frohlockte Hermann.

Was alle die anderen Wässerchen zu bedeuten hatten, wußte niemand. Nachdem sich Hermann und Jürgen mit schwarzen, roten und graublauen Flecken bemalt hatten, verließen sie jubelnd das Zimmer, um sich dem Onkel Forstrat zu zeigen.

Dieser schlug die Hände über dem Kopf zusammen. „Was habt ihr denn gemacht, Kinder?"

„Nur angemalt."

„Ist das Farbe aus dem Malkasten?"

„O nein, Onkel Forstrat", sagte Hermann. „Die haben wir von Tante Hella. Komm mal mit, was die für schöne Sachen hat. Ein rosa Hemd und ein hellblaues und Strümpfe mit 'ner Blume drauf. Komm doch mal mit!"

„Aber, Jungens, ich kann doch nicht ins Zimmer einer fremden Dame gehen."

„Das ist eine Dame von einer anderen Welt!" rief Jürgen. „Da kannst du 'reingehen."

„Und ich, Onkel Forstrat, ich werde ein großer Filmschauspieler und bekomme 'ne Million. Dann kaufe ich dir 'ne neue Zahnbürste, Onkel Forstrat. Aus deiner fallen schon die Haare 'raus."

„Was machst du?"

„Gestern habe ich ollen Dreck gegessen, da stand gerade deine Stube auf. Da bin ich 'reingegangen und habe mir die Zähne mit 'ner Bürste geputzt. Weißt du, plötzlich habe ich dann den Mund voller Haare gehabt."

„Was hast du gemacht?"

„Nun, ich habe eben Grünes gekaut, da war noch Erde dran. Das roch abscheulich. Dann habe ich mir schnell die Zähne mit deiner Bürste geputzt."

„Ihr seid ja ein fürchterliches Volk!"

„Jawohl, Onkel Forstrat, ich werde ein großer Filmschauspieler und bekomme 'ne Million. Tante Hella spielt dann mit mir. Sie macht die Dame von der anderen Welt, und ich bin ein verlassener Knabe. Gestern haben wir auch zusammen gespielt. Sie sagt, ich sei das größte Talent in ganz Europa."

„Mein Junge, laß dir nur keine Rosinen in den Kopf setzen."

„Wenn ich dann 'ne Million habe, braucht die Mutti nicht mehr Strümpfe zu stopfen, dann kaufen wir immer gleich neue. Auch solche mit Blumen, Onkel Forstrat."

„Jetzt wischt euch zuerst mal die Schminke von den Gesichtern, Jungens, ihr seht schauderhaft aus. Wenn Fräulein Brodowin heimkommt, wird sie euch tüchtig auszanken."

„Ach, wo denkst du hin, Onkel Forstrat!"

„Habt ihr auch alles wieder hübsch in Ordnung gebracht?"

Es erfolgte keine Antwort. Die beiden Knaben blickten sich ein Weilchen wortlos an.

„Hast du auch alles in Ordnung gebracht, Jürgen?" forschte Hermann.

„Weiß nicht."

„Dann würde ich euch doch raten, meine lieben Jungens, geht wieder hinauf und macht Ordnung, bevor die Tante heimkommt."

Das leuchtete den Knaben ein. Hermann wischte sich schnell einmal mit dem Blusenärmel über das Gesicht und stellte erst in Hellas Zimmer fest, daß die Farbe nicht gewichen war.

Unordentlich lag hier alles durcheinander. Fläschchen und Büchschen waren geöffnet, ein Fläschchen sogar umgeworfen. Die beiden begannen sogleich aufzuräumen. In dem Kommodenkasten hatte man alles durcheinandergeworfen. Es war unmöglich, die Sachen wieder ordentlich zusammenzulegen.

„Was ist denn das?" Jürgen zog eine Maske aus Gaze hervor, die ringsherum Blechstreifen aufwies. Die beiden Knaben betrachteten dieses rätselhafte Ding, eine Erklärung konnten sie dafür nicht finden. Wie sollten sie auch etwas davon wissen, daß Hella des Nachts eine Gesichtsmaske trug, um die Bildung von Runzeln zu verhüten.

„Der Dreck geht ja nicht 'runter", stellte Hermann fest, nachdem er vor dem Spiegel nochmals sein Gesicht mit dem Blusenärmel kräftig bearbeitet hatte. Er holte das eine Handtuch, hatte aber auch damit wenig Erfolg.

„Da werden wir uns wohl leider waschen müssen."

Wasser und Seife nützten wohl ein wenig, doch die verräterische Röte war noch immer auf Stirn und Wangen deutlich zu sehen.

„Ich glaube", sagte Hermann ein wenig kleinlaut, „wenn sie es merkt, bekommen wir Haue."

„Vielleicht kommt die Mutti so spät heim, daß wir schon im Bett liegen."

„Aber wenn der Vati kommt, der haut auch."

„Wollen lieber mal zur Anna gehen."

Anna sah sofort die schlecht gereinigten Gesichter. „Was habt ihr denn schon wieder angestellt?"

„Anna, weißt du, was 'ne Dame von der Welt ist?"

„Das geht mich nichts an. Was habt ihr denn gemacht?"

„Möchtest du nicht mal 'rüberkommen und im Zimmer von Tante Hella rasch Ordnung schaffen? Hast du auch grüne Hemden, Anna?"

„Nein."

„Dann bist du auch keine Dame von der anderen Welt."

„Seid ihr in Fräulein Brodowins Zimmer gewesen?"

„Ja."

„Habt ihr dort gekramt?"

„Aber feste!"

„Ihr Rangen, dürft ihr das? Na, laßt nur den Vater heimkommen, der wird euch schon lehren, anderer Leute Sachen zu durchsuchen."

Beunruhigt ging Anna hinüber ins Fremdenzimmer. Hermann folgte ihr. Er zog den einen Kommodenkasten auf.

„Bring doch mal den Kram wieder in Ordnung."

Den drei Kindern war es nicht ganz wohl ums Herz, als die Stunde herankam, in der ihr Vater erwartet wurde.

„Anna“, sagte Hermann kleinlaut, „kannst du mir nicht mal den blauen Anzug geben, den ich im Winter anhabe?“

„Wozu brauchst du denn den dicken Anzug?“

„Ach, Anna, du bist doch immer so gut und immer so lieb, du magst mich doch leiden?“

„Wozu willst du denn den dicken Anzug?“

„Das sage ich dir später. Gib ihn mir nur für ein Weilchen her.“

„Aber du gehst nicht aus dem Hause damit!“

„Nein.“

Nach einer Weile kam Jürgen, Anna sollte ihm den dicken Wintermantel geben.

„Was habt ihr denn schon wieder für eine Maskerade vor?“

„Einen feinen Spaß“, sagte Jürgen.

Die gutmütige Anna holte auch den Wintermantel hervor, und hocherfreut stürmte Jürgen davon. Dann hörte sie eine ganze Weile nichts von den Kindern.

Inzwischen traf der Vater ein.

„Nanu“, sagte er zu Anna, die ihm das Essen brachte, „ist die ganze Familie ausgeflogen?“

„Nein, Herr Wendelin, die Kinder sind im Kinderzimmer.“

Er zog die Stirn in Falten. Wenn niemand zur Begrüßung erschien, war etwas in Unordnung.

„Was ist denn wieder vorgefallen, Anna?“

Aber Anna zog es vor, möglichst rasch aus dem Zimmer zu kommen.

Der Oberingenieur stand auf und ging hinüber ins Kinderzimmer. Dort saßen artig auf der Bank nebeneinander die drei Geschwister. Sie lächelten den Vater gar freundlich an.

„Na, bist du wieder da, gutes, liebes Väterchen?“ sagte Hermann.

„Warum sagt mir denn heute keiner guten Tag?“

„Wir – wollten dich nicht stören.“

„So kommt doch mal her zu mir.“

Alle drei blieben wie festgenagelt auf der Bank sitzen.

„Herkommen, Kinder!“

Sie erhoben sich langsam. Wendelin schaute seine drei Sprößlinge erstaunt an. Was war denn hier vorgefallen? Alle drei schienen mehrere Kleidungsstücke übereinandergezogen zu haben. Besonders Hermann war dick ausstaffiert.

„Wie seht ihr denn aus?“ Der Oberingenieur faßte seinen Ältesten an und stellte fest, daß Hermann ungefähr vier Hosen angezogen haben mußte. Und Jürgen sah ebenso gefährlich aus. Er hatte über den Wintermantel den Matrosenanzug gestreift und dabei den einen Ärmel ausgerissen. Erna hatte sich einige Tücher umgebunden. Sie konnte kaum laufen.

Hermann legte beide Hände auf den Hosenboden und schaute den Vater treuherzig an.

„Wollt ihr mir nicht sagen, was das heißen soll? Friert ihr denn so sehr, jetzt, im Monat Juni?“

„Wir meinten, es könnte ein Gewitter kommen, und dann könnte es einschlagen. Vati, wenn du eine Frau kennenlernst, eine wunderschöne Frau, und eine Dame von der anderen Welt, würdest du dann auch in ihr Zimmer gehen und nachsehen, was sie hat?“

„Aha!“

„Weißt du, Vati, das ist nämlich furchtbar interessant.“

„Kurz heraus, ihr seid wieder einmal neugierig gewesen und waret in Fräulein Brodowins Zimmer?“

Hermann klatschte in die Hände. „Jeden Tag sage ich es in der Schule, daß ich einen furchtbar klugen Vati habe. Was du auch alles weißt!“

„Oh, dein Vati weiß noch mehr, Hermann, nämlich daß ihr dort drüben wahrscheinlich Dummheiten angestellt habt, daß es euch nachher zum Bewußtsein kam, ihr verdientet deswegen Strafe, und daß ihr euch alle drei den Hosenboden vorsorglich gepolstert habt, damit Vatis Hand nicht gar zu fühlbar wird."

„Was du auch alles weißt! Es stimmt, Vati!"

„Nun erzähle mir, was ihr im Zimmer von Fräulein Brodowin angestellt habt."

„Weißt du, Vati, sie ist 'ne Dame von der anderen Welt. Da muß man sich doch interessieren. Du hast doch auch gesagt, du möchtest gern wissen, was oben auf dem Stern los ist, dem Mars. Das ist doch auch 'ne andere Welt. Wir waren auf Forschungsreise, Vati, wie der Mann, von dem du uns neulich erzählt hast, der auf einen ganz hohen Berg gekraxelt ist und doch nicht bis an die Spitze kam. Das ist doch nicht schlimm, Vati."

„Fang mir nicht wieder mit deinen langen Erzählungen an. Ich will ohne Umschweife wissen, was ihr im Zimmer von Fräulein Brodowin angestellt habt."

„Glaubst du, Vati, daß der Mann noch mal auf den Berg 'raufkommt?"

„Hast du meine Frage gehört, Hermann?"

„Na, also, wir wollten auch was erforschen. Sie hat so viele Töpfchen, oh, und so feine Sachen! Vati, wenn ich mal groß bin, dann schenke ich der Mutti ein Hemd aus ganz dünnem rosa Stoff. Das hat sie, Vati, soll ich dir das feine Hemd mal holen?"

„Wie kommt ihr dazu, in den Sachen anderer Leute herumzukramen?"

„Und dann, Vati, dann hat sie –" Hermann legte zwei Finger an den Mund und küßte sie. „Oh, Vati, dann hat sie auch noch ein grünes Hemd, weißt du, so hellgrün, wie es die Fee hatte in der Theatervorstellung. Au, Vati, sie hat überhaupt feine Sachen! Sie muß furchtbar reich sein. Und dann, Vati, kannst mir's glauben, Strümpfe, da drauf ist 'ne Blume. Hast du auch Strümpfe mit 'ner Blume?"

„Darf man sich Sachen ansehen und durchsuchen, die einem nicht gehören?“

„Nein, Vati, das darf man nicht. Aber wir wollten doch nur mal nachgucken.“

„Ich werde mich nachher bei Fräulein Brodowin erkundigen. Habt ihr Schaden angerichtet, dann sollt ihr alle drei eure verdiente Strafe bekommen. Wenn deine kleine Schwester noch nicht weiß, daß das Herumsuchen in fremden Sachen verboten ist, mußt du als Ältester doch genügend Verstand haben, um zu wissen, was Recht und Unrecht ist.“

„Und der Jürgen müßte den Verstand auch haben“, erwiderte Hermann heftig. „Immer soll ich alleine den Verstand haben.“

Vati erhob den Zeigefinger.

„Na ja“, sagte Hermann, „ist ja schon gut.“

„Nun zieht euch vernünftig an. Mutti wird bald zurückkommen. Sie soll nicht gleich wieder Ärger haben.“

Die drei Kinder schälten sich aus ihren zahlreichen Umhüllungen aus.

„Ich behalte aber doch lieber die Winterhose an“, meinte Hermann. „Die andere ist zu dünn. Ich denke, Tante Hella wird nichts sagen, sie wird lachen. Sie ist ja eine Dame von der anderen Welt.“

Eine halbe Stunde später kamen Bärbel und Hella heim. Mit sorgenvollen Gesichtern blickten die drei Kinder den Besuch an.

„Kann ich dich in dein Zimmer begleiten, Tante Hella?“ fragte Hermann.

„Selbstverständlich, mein Liebling. Darfst mir beim Umkleiden helfen.“

„Sehr gern!“

Im Zimmer angekommen, bemerkte Fräulein Brodowin sogleich die Unordnung.

„Wer war denn über meiner Kosmetik?“

Hermann horchte hoch auf. Die Flaschen mußten diese Kosmetik sein, denn Tante Hella stand mit erzürntem Gesichtsausdruck da.

„Mein Creme Royalon und hier – das Eau Superieur, wer war in meinem Zimmer?"

„Sei mal nicht böse, Tante Hella. Wir haben nur mal ein bißchen nachgesehen, weil du doch immer so schön bist. Du gefällst uns doch so sehr. Alles riecht immer so fein. Du bist ganz anders als die Mutti. Bist du böse?"

„Ihr habt in meinem Zimmer nichts zu suchen!"

„Nu sei mal nicht böse, liebe Tante Hella, sonst haut uns der Vati."

„Das habt ihr verdient."

„Wir wollten doch nur mal sehen, wie das alles aus der anderen Welt ist."

„Du Dummkopf!"

„Ich bin kein Dummkopf, Tante Hella."

Sie schwieg einen Augenblick. Schon seit einigen Tagen trug sie sich mit der Idee, den schauspielerisch hochbegabten Hermann einer ihr bekannten Filmfirma zu empfehlen. Sie wußte, man suchte nach jugendlichen Talenten. Hier schien solch ein Talent zu sein. Selbstverständlich würden diese spießbürgerlichen Wendelins niemals erlauben, daß Hermann schon als Knabe zu Filmaufnahmen benutzt wurde. Sie mußte die Sache ganz heimlich einleiten. Dazu brauchte sie aber das volle Vertrauen des Kindes. Wenn sie Hermann zürnte, würde er für ihre Pläne, die ihr selbst eine gute Vermittlungsprovision einbringen sollten, niemals zu haben sein. Sie mußte sich daher den Knaben zum Freunde machen.

„Wir wollen also Frieden schließen, Hermann. Schaden habt ihr mir natürlich recht beträchtlich gemacht, ich hoffe aber, daß du mir in Zukunft auch einmal eine Freude machst. Dann soll alles vergeben und vergessen sein."

„Dem Vati sagst du nichts?"

„Nein, mein Liebling."

„Na, dann ist's gut. Dann kann ich die olle heiße Hose ja wieder ausziehen, ich schwitze schon fürchterlich." Fort war er.

3. Kapitel
Die Schlange im Paradiese

Durch Hermann hatte Hella Brodowin erfahren, daß am Freitag die Schule schließe, daß man aber erst am nächsten Mittwoch die Sommerreise antreten wolle, weil man zunächst die Ankunft der guten alten Kinderfrau abwarten wollte.

Es war beschlossen worden, daß Frau Leuschner mit nach der Försterei kommen sollte, die Harald Wendelin zum vierwöchigen Aufenthalt ausersehen hatte. Dem Oberingenieur lag vor allem daran, für sich und Bärbel einen ruhigen Ort zu finden, Waldluft sollte allen neue Frische geben. Deshalb hatte man sich für die schön gelegene Försterei Tannengrund in Thüringen entschieden. Frau Leuschner würde weiterhin auf die drei Kinder aufpassen, so daß Bärbel ein wenig entlastet wurde und sich selbst Ruhe gönnen konnte.

Herr Wendelin hielt es für notwendig, daß seine Frau einmal gründlich ausspannte. Die lebhaften Kinder machten seinem Goldköpfchen recht viel zu schaffen, außerdem versah die junge Frau ihren Haushalt in so gewissenhafter Weise, daß sich tatsächlich immer Arbeit für sie fand und Bärbel eine längere Erholung nötig hatte.

Man freute sich auf die Reise. Sogar die Kinder, denen man eine Beschreibung der Försterei gegeben hatte, jauchzten in Erwartung all der schönen Dinge, die man dort sehen werde. Forstrat Schmeling kannte die Gegend, hatte diese Försterei empfohlen, und nun wurde er alltäglich bestürmt, von Tannengrund zu erzählen. Hermann und Jürgen wollten wissen, wieviel große und kleine Schweinchen der Förster habe, ob die Ziegen ganz weiß wären oder auch schwarze Flecken hätten, wie sie hießen, und ob auch kleine Ziegen da wären, was die Tiere gern fressen und anderes mehr.

Jürgen wollte sich Bonbons für sie aufsparen. Als man erfuhr, daß sie gern Salz schleckten, hatte Anna in der Küche ihre liebe Not. Jeden Tag bettelte Hermann um ein paar Löffel Salz. Jürgen sammelte alle Knochen und Fleischabfälle für die beiden großen Hunde des Försters. Er tat alles in eine Kiste, die unter seinem Bett stand. Diese Kiste mußte natürlich mitgenommen werden.

Ziemlich unzweideutig hatte man Fräulein Brodowin zu verstehen gegeben, daß man ihre Abreise zum Ende der Woche erwarte, da die letzten Tage mit Vorbereitungen für die Sommerreise in Anspruch genommen werden sollten.

Aber Hella erklärte plötzlich, daß sie bei allen diesen Vorbereitungen helfen könne, daß es gut und richtig sei, wenn das arme Bärbel entlastet werde, und wenn sie sich mit den Kindern beschäftige, bis Frau Leuschner heimkehre.

Harald Wendelin empfand eine ausgesprochene Abneigung gegen Hella Brodowin. Er merke sehr wohl, daß sie jede Gelegenheit suchte, mit ihm zusammen zu sein. Sie hatte ihn schon zweimal von der Fabrik abgeholt, und immer wieder war von ihr das Gespräch auf Bärbel gebracht worden, immer wieder wußte Hella von Streichen zu erzählen, die Bärbel begangen haben sollte. Mitunter hatte Wendelin sogar scharfe Zurückweisungen ausgesprochen, wenn Fräulein Brodowin mehrmals Bärbels Verhalten in ein allzu schiefes Licht rückte.

So war er auch heute wieder voller Ärger, als Hella abermals vor dem Fabrikausgang wartete und ihn lächelnd in Empfang nahm.

„Unser süßes Bärbel hat daheim alle Hände voll zu tun. Sie riet mir, den kleinen Spaziergang zu machen und Ihnen entgegenzugehen. Es ist heute so herrliches Wetter. Wollen wir nicht einen kleinen Umweg machen?“

„Ich bedaure unendlich, gnädiges Fräulein. Aber Sie wissen, der Tag unserer Reise rückt immer näher, Bärbel hat noch gar viel zu erledigen, und jede Stunde ist daheim eingeteilt.“

„Armes Bärbel. Wenn sie nur nicht so entsetzlich unpraktisch wäre. Von jeder angefangenen Arbeit läuft sie weg.“

„Wohl nur dann, wenn sie von dem Besuch gerufen wird“, erwiderte er lächelnd.

„Herr Wendelin!“ Hella drohte ihm scherzhaft mit dem Finger. „Sie sind nicht sehr galant. Sie machen es genau wie Bärbel. Ich erinnere mich noch ganz genau, daß sie ihrer lieben Großmutter, bei der sie damals in Dresden weilte, mit ihrer Grobheit viel zu schaffen machte. Sie hatte da einen sehr netten Verehrer. Die beiden waren sich eigentlich schon einig. Bärbel war etwas anspruchsvoll. Du liebe Zeit, die Kleine wollte beständig in Konditoreien laufen, das konnte der arme junge Mann nicht bezahlen.“

„Was bezwecken Sie eigentlich damit, gnädiges Fräulein, daß Sie mir beständig derartige Episoden auftischen, die durch die Länge der Zeit in Ihrem Erinnern ein ganz anderes Gesicht bekamen? Ich kenne meine Frau seit ihrer Kindheit, bin stets in kleineren oder größeren Zwischenräumen mit Bärbel zusammengekommen und weiß von allen netten und törichten Jungmädchenstreichen. Das sind mir wirklich liebe Erinnerungen.“

„Glauben Sie wirklich, Herr Wendelin, daß Bärbel Ihnen alles erzählte, was sie als junges Mädchen und später in ihrer Lehrzeit ausfraß?“

„Nun haben Sie das Bedürfnis, mir alles das zu erzählen?“

„Wo denken Sie hin, Herr Wendelin. Ich bin Bärbels beste Freundin; ich gebe gern zu, daß sie eine gute Hausfrau ist, o ja, alles läuft wie am Schnürchen, aber Sie haben doch auch offene Augen. Von Erziehung versteht Bärbel anscheinend gar nichts.“

„Der Vorwurf müßte mich zuerst treffen, gnädiges Fräulein. Ich bin der Vater.“

„Nicht doch, Herr Wendelin, Sie sind den Tag über beschäftigt. Kleine Kinder gehören zur Mutter. Es ist natürlich schwer, solche süße Rangen zu regieren, aber auf den Charakter muß man doch von früh an achten."

„Haben Sie bereits Charaktereigenschaften an meinen drei Kindern entdeckt, die aus dem Rahmen des Üblichen unangenehm herausfallen?"

„Ich möchte Sie um alles in der Welt nicht kränken, Herr Wendelin, ich genieße hier Gastfreundschaft. – Oh, ich will lieber schweigen."

„Ich bin der Überzeugung, daß ich die Charaktere meiner Kinder genau kenne. Ich habe manchen Beweis von deren Aufrichtigkeit, Wahrheitsliebe und Ehrlichkeit erhalten. Daß alle drei ungeheuer wilde Rangen sind, weiß ich. Sie schlagen manchmal über die Stränge, mitunter geht ihr Übermut zu weit –"

„Gerade wie bei Bärbel."

„Nun ja", sagte er mit einem glücklichen Lächeln. „Wenn meine drei alle so werden wie ihre Mutter, will ich meinem Schöpfer danken."

Hella Brodowin warf den Kopf in den Nacken. An diesen Mann war nicht heranzukommen. Aber mit dem Forstrat hatte sie vielleicht mehr Glück. Sie hatte dem alten Herrn schon manches erzählen können. Es ärgerte sie, daß Forstrat Schmeling soviel von der jungen Frau Wendelin hielt. Oh, sie hatte ihm von Gerhard Wiese, dem einstigen Unterprimaner, allerlei erzählt, der Bärbel so frech angedichtet hatte, von dem langen Hans Herwig, von dem Lautenlehrer, von den Flegeleien, die sich Bärbel ihren Lehrern gegenüber hatte zuschulden kommen lassen, und von vielem anderen.

Der Forstrat hatte aufmerksam zugehört. Er schien diese Nachrichten gierig aufzusaugen. Und gestern hatte er ihr sogar gesagt: „Wird es Ihnen nicht schaden, wenn Sie so lange in solch einem Hause weilen?"

Mitunter kam es ihr freilich vor, als sei das alles Ironie, aber der Forstrat war stets ausgesucht höflich und liebenswürdig zu ihr, außerdem schien sie an ihm einen glühenden Verehrer gefunden zu haben. Gewiß imponierte sie dem alten Herrn durch Schönheit und Eleganz.

Forstrat Schmeling stand im Garten, als Hella Brodowin in Begleitung des Oberingenieurs heimkehrte. Sie lächelte ihn freundlich an, reichte ihm die Hand, die er küßte.

„Was Sie doch für ein Glück haben, Herr Wendelin! Immer werden Sie von schönen Damen abgeholt, ich hingegen muß allein umherlaufen."

„Oh, Herr Forstrat, wenn Sie durchaus einen Spaziergang machen wollen, so bin ich gern bereit, mit Ihnen zu gehen. Sie sollen so interessant plaudern können."

„Ich kann mir nichts Schöneres denken, als mit einer solchen Wolke von Duft in die frische Luft zu gehen."

Wieder lächelte Hella.

„Und von Ihren Erfolgen zu hören, mein gnädiges Fräulein. Wir sitzen hier in solch einem stillen Erdenwinkel, ich bin jedoch überzeugt, daß man in anderen Gegenden beständig Ihren Namen hört. Ich glaube, Sie waren auch schon in zahlreichen Zeitschriften abgebildet."

„Schon sehr oft, in den verschiedensten Rollen."

„Davon müssen Sie mir erzählen. Das heißt, es wird wohl kaum noch Zeit dazu sein. Sie reisen doch am Montag?"

„Ich?"

„Nun ja – Mittwoch fahren Wendelins ab, man muß doch die Leutchen an den beiden letzten Tagen allein lassen."

„Bärbel möchte gar gern, daß ich mitfahre."

„So 'ne schwindelhafte Person! Mir sagt Frau Bärbel, sie ist so froh, daß sie endlich den Besuch los wird, und Ihnen sagt sie – nee, mein gnädiges Fräulein, ich bliebe keine Stunde länger in solch einem Hause."

Hellas Gesicht hatte sich für Sekunden verfinstert.

„Ich wäre auch schon längst abgereist, aber ich habe erst noch eine Mission zu erledigen. Ich warte seit zwei Tagen auf eine Nachricht, die wahrscheinlich so einschneidend ist, daß sich alles bei Wendelins ändert."

„Das muß ja eine fabelhafte Nachricht sein."

„Ich möchte jetzt darüber noch nicht reden, Herr Forstrat. Dank meiner Beziehungen bin ich in der Lage, Bärbel eine ganz andere Stellung zu geben."

„Dunnerlüchting!"

„Das bleibt vorläufig noch mein Geheimnis."

„Wird wohl auch ein ewiges Geheimnis bleiben."

„Wie meinten Sie?"

„Ich meinte, daß man so etwas Wichtiges streng geheimhalten muß. Sie sehen, unser lieber Herr Wendelin hat sich bereits gedrückt. Er ahnt wohl auch noch nichts von den bevorstehenden Veränderungen?"

„Nein, keiner."

„Aber so 'ne kleine Andeutung würde ich Frau Bärbel doch machen, daß sie sich schon darauf vorbereitet. Und nun wollen Sie noch so lange hierbleiben, bis diese Nachricht kommt?"

„Jawohl."

„Und wenn das Monate dauert?"

„O nein, Herr Forstrat, eine so wichtige Angelegenheit wird in fieberhafter Eile betrieben."

Obwohl Forstrat Schmeling im allgemeinen den Äußerungen Hellas keine Bedeutung beimaß, gingen ihm doch am heutigen Abend die Worte der „schönen Dame" nicht aus dem Sinn. Diese übergeschnappte Person, über die er sich zu gern lustig machte, bildete sich ein, daß er Gefallen an ihr fand. Er wollte Wendelins gern helfen, diesen Besuch möglichst bald abzuschieben. Aber das gelang wahrscheinlich nicht vor Mittwoch.

Obwohl Hella sah, daß überall schon gepackt wurde, machte sie keine Anstalten, das Haus zu verlassen. Bärbel zeigte ganz offen, daß sie ihr von Tag zu Tag lästiger wurde. Sie scheute sich sogar nicht, am heutigen Abend ganz offen zu sagen:

„Hast du den Tag deiner Abreise festgelegt, Hella? Du weißt doch, wir wollen am Mittwoch mittag fort."

„Ich warte nur noch eine Nachricht ab, Bärbel. Außerdem glaube ich nicht, daß ich dir im Wege bin."

„Du siehst, wir können uns dir nicht widmen. Hier in Heidenau hast du auch wenig Abwechslung, noch dazu jetzt, im heißen Sommer."

„Wie gesagt, ich erwarte erst noch eine Nachricht. Ich wiederhole dir, liebes Bärbel, daß ich gern bereit bin, dir bei den Reisevorbereitungen zu helfen. Ich bin jung und elastisch, noch völlig unverbraucht, während du doch schon die Mutterlasten fühlst und schwer daran zu tragen hast."

„Ich finde nicht, daß ich schon alt und mürbe bin."

„Aber immerhin verbrauchter als ich, liebes Bärbel."

„Nun, den Jahren nach ist ja freilich nicht viel Unterschied. Du bist fünfunddreißig, ich dreiunddreißig."

Hella warf einen schnellen Blick zu Wendelin hinüber, der sich in diese Unterhaltung nicht einmengte, sondern gemächlich ein Butterbrot strich.

„Aber, Bärbel, ich glaube, du irrst dich. Du lieber Himmel, wenn ich schon dreißig wäre, es wäre fürchterlich für meinen Beruf."

Goldköpfchen zog die Stirn kraus. „Den anderen magst du vorreden, was du willst, Hella, ich kenne dich aus der Obertertia. Als wir den Klub ›Blau-Blümelein‹ gründeten, hast du selbst darauf gepocht, daß du, als die Älteste, den Vorsitz haben müßtest. Wenn du eben inzwischen jünger geworden bist, soll es mir recht sein."

Wendelin warf seiner goldhaarigen Frau einen leisen, mahnenden Blick zu. Er sah, wie die beiden Buben die Ohren spitzten. Die Unterhaltung brauchte doch nicht vor den Kindern geführt zu werden. Es war ihm aber auch verständlich, daß seine Frau, die jeder Lüge abhold war, sich über die unwahren Behauptungen Hellas entrüstete. Er gab dem Gespräch daher eine andere Wendung, und auch Hella sorgte dafür, daß der Zwischenfall rasch vergessen wurde.

In der Kinderstube ging es am heutigen Abend sehr lebhaft zu.

„Fünfunddreißig Jahre, ach, ist die alt!“ stellte Jürgen fest.

„Fünfunddreißig“, philosophierte Hermann. „Das ist freilich furchtbar alt. Noch älter als die Mutti. Aber sie sieht hübsch aus.“

„Nu, wenn sie auch aus der anderen Welt kommt!“

„Das macht die Kasmotik und der rosa Creme, sowie Salon, und das andere Zeug mit dem verrückten Namen. Das hat sie gesagt. Das alles muß 'ne Dame aus der anderen Welt haben.“

Jürgen legte sich im Bett zurecht, wandte sich auf die Seite und sagte: „Ich kann sie nicht leiden, sie ist verrückt!“

„Nein, verrückt ist sie nicht“, meinte Hermann, „sie ist schön. Erna muß auch mal 'ne Dame aus der anderen Welt werden.“

„Ja“, klang es verschlafen aus dem dritten Bettchen. „Erna will eine Dame aus der anderen Welt werden.“

„Sie hat ganz andere Striche über den Augen als die Mutti. Und immer so rosa ist sie, oh, und wie sie riecht.“

„Halte den Mund!“

„Ich möchte mal sehen, wenn sie das hübsche rosa Hemdchen anhat, wie sie dann aussieht.“

„Wenn du jetzt nicht stille bist, komme ich und verhaue dich!“

Hermann lag noch ein Weilchen mit offenen Augen im Bett. Das Bild der schönen Hella Brodowin stand vor seinen Augen. Sie hatte ihm heute abend zugeflüstert, daß sie ihm morgen ein Geheimnis anvertrauen wolle, etwas sehr Schönes. – Was mochte das wohl sein?

„Ob sie auch schwarze Füße haben?“

„Was willst du denn, Jürgen?“

„Die Zicklein, beim Förster.“

„Quatsch!“ Hermann schwärmte in Gedanken weiter von Hella Brodowin. –

In fieberhafter Spannung wartete Hella auf den Brief der Filmgesellschaft. Wenn sie auch niemals eine größere Rolle bei dem Unternehmen zu spielen bekommen hatte, war sie doch mit dem Regisseur gut befreundet und wußte, daß man seit Monaten nach einem talentvollen Knaben suchte, der in einer der kommenden Filmaufnahmen eine größere Rolle spielen sollte. Geeignete Knaben waren natürlich vorhanden, aber niemals hatten die Eltern ihre Einwilligung gegeben, oder es hatte sich später herausgestellt, daß die Erwartungen, die man an den jungen Darsteller knüpfte, nicht erfüllt wurden.

Hermann Wendelin hatte schon so häufig Proben seines Talentes gegeben, daß es zweifellos feststand, er bringe alles das mit, was man für einen neuen jungen Künstler brauchte.

Sie wußte, daß sie mit Wendelins große Schwierigkeiten haben würde. Doch das machte nichts. Gerade weil sich Bärbel jetzt um so viel anderes zu kümmern hatte, gelang es ohne Schwierigkeiten, sich mit Hermann zu entfernen. Man würde den Zug nach Berlin benutzen, Reisegeld sollte die Firma schicken, denn Hellas Kasse war äußerst knapp. Sie hatte die Talente des Knaben ins hellste Licht gesetzt und erwartete mit Bestimmtheit, daß man sich diese gute Gelegenheit nicht entgehen lassen würde, ein junges Talent zu angeln.

Bedenklich war, daß der Tag der Abreise immer näher herankam. Wenn der erwartete Brief bis Mittwoch nicht eintraf, fielen alle ihre Pläne ins Wasser. Vergeblich hatte Hella versucht, Bärbel zu bewegen, die Reise bis Ende der Woche hinauszuschieben. Goldköpfchen hatte kurz erklärt, es stehe alles fest, zu ändern gäbe es nichts mehr.

Was tun? Irgendein Hindernis mußte eintreten, damit die Reise verschoben wurde. So kam der schlechte Charakter Hellas immer deutlicher zum Vorschein. Sie suchte sich ihr Opfer aus, das war die kleine Erna.

Kurz vor dem Essen rief sie das Kind zu sich und fütterte es mit der herrlichsten Schokolade und allerlei Konfekt. Als Erna schließlich nichts mehr mochte, redete ihr Hella noch mehr zu, versprach ihr ein goldenes Kettchen; und auf diese Weise stopfte die Kleine die Süßigkeiten noch weiter in sich hinein.

Die Folge war, daß Erna das Mittagessen nicht anrührte. Da ihr von Hella verboten worden war, von den erhaltenen Süßigkeiten etwas zu sagen, da Hella ihr sogar Schläge angedroht hatte, ahnte Bärbel nichts von den Gründen, die Erna zwangen, das Essen zu verweigern.

„Du wirst essen!"

Erna begann zu weinen. Sie nahm einige Löffel von der Suppe, hörte jedoch sehr bald wieder auf.

„Ich kann nicht essen!"

Durch Bärbels Strenge wurde Erna gezwungen, noch etwas zu sich zu nehmen, und die Folge war, daß die Kleine sich am Nachmittag nicht wohlfühlte. Hella brachte ihr etwas süßen, schweren Wein. Am Abend fieberte Erna. Hella bemühte sich auffallend um die Kranke, wachte argwöhnisch darüber, daß nichts bekannt wurde, wußte das kranke Mädchen trotzdem zu überreden, einige Stückchen Schokolade zu essen.

Da die brave Kinderfrau am Vormittag zurückgekehrt war, gelang es Hella nur schwer, mit der kleinen Erna allein zu sein. Doch die Kleine hatte sich den Magen schon so stark überladen, daß sie sich während der ganzen Nacht unruhig im Bettchen umherwarf.

Bärbel war ratlos. In zwei Tagen sollte die Sommerreise angetreten werden. Nun legte sich Erna zu Bett. Es war ausgeschlossen, daß man am Mittwoch fuhr, selbst wenn die Erkrankung schnell vorüberging.

Frau Leuschner hatte es durchgesetzt, daß sie des Nachts mit dem kranken Kinde zusammen schlief. Und in dieser Nacht, als Erna so jämmerlich zu weinen begann, vertraute sich das verängstigte Kind der alten, treuen Freundin an.

Frau Leuschner glaubte ihren Ohren nicht zu trauen. Das sah ja fast aus, als habe Fräulein Brodowin das Kind mit Absicht krank machen wollen. Frau Leuschner hatte den Besuch erst seit Stunden gesehen, doch gleich vom ersten Augenblick an empfand sie die größte Abneigung gegen solch eine geschminkte und aufgeputzte Person.

Da man wußte, woher die Krankheit kam, war es natürlich ein leichtes, passende Gegenmittel anzuwenden. Erna schlief auch schließlich ein, Frau Leuschner hingegen lag noch lange wach und beschloß, in aller Frühe den Herrschaften Mitteilung zu machen, was hier vorgefallen sei.

Harald Wendelin und Bärbel saßen allein zusammen beim Morgenkaffee, als die treue Kinderfrau ins Zimmer trat und Bericht erstattete.

„Das Fräulein hat der kleinen Erna streng verboten, etwas von den erhaltenen Näschereien zu sagen. Ich möchte ja nichts Schlimmes denken, gnädige Frau, aber wenn ein Fräulein ein Kind vor dem Mittagessen derart mit Süßigkeiten vollstopft, ist das entweder die größte Unvernunft oder Bosheit."

Einige Augenblicke schwiegen alle. In Wendelin stieg sofort der Verdacht auf, daß Hella Brodowin mit voller Absicht die Erkrankung der kleinen Erna herbeigeführt habe. Und auch Bärbel dachte ein gleiches. Nur zu oft hatte Hella in letzter Zeit von einem Verschieben der Sommerreise gesprochen. Es lag in ihren Wünschen, daß Wendelins noch in Heidenau blieben.

„Ich danke Ihnen, Frau Leuschner", sagte Bärbel. „Ich komme nachher hinüber, um nach Erna zu sehen."

„Sie schläft, gnädige Frau, und das Köpfchen ist nicht mehr so heiß. Ich denke, morgen ist unser Kleinchen wieder gesund."

Sie war gegangen. Bärbel schlug mit der flachen Hand auf den Tisch. „Heute schmeiße ich sie hinaus!"

Trotz seines Ärgers mußte Harald über seine temperamentvolle Frau lachen. Immer wieder zeigte es sich, daß Bärbel nichts von ihrer ursprünglichen Frische und Lebhaftigkeit eingebüßt hatte, obwohl sie Mutter von drei Kindern war.

„Absicht war es! Sie will noch länger hierbleiben! – Nun aber raus mit ihr, und wenn sie nicht gutwillig geht, schicke ich Anna ins Zimmer, daß sie alles einpackt. Warum sagst du gar nichts, Harald?“

„Ist es nicht genug, wenn du deine Pläne faßt?“

„Am Ende vergiftet sie uns alle drei Kinder. Dieses Scheusal! Mit ihren abrasierten Augenbrauen – dieser Farbentopf! Sie soll nur ruhig zurück zu ihren Filmleuten gehen, ich habe sie niemals gemocht. – Warum kam sie überhaupt erst her?“

„Ich fürchte, sie hatte kein Engagement und wollte den Sommer über irgendwo billig leben.“

„Das gibt es nicht! Sie soll zu ihren Leuten gehen. Heute noch reist sie ab!“

„Willst du ihr das nicht etwas weniger temperamentvoll sagen, mein liebes Goldköpfchen?“

„Nein, Häschen, ich werde es ihr so sagen, wie es mir ums Herz ist.“

„O weh“, lachte der Gatte, „da wird sie manches zu hören bekommen. Vielleicht ist es besser, ich spreche mit ihr.“

„Nein, Harald, das ist Frauensache. Du bist ein sehr guter Mensch, Häschen, aber den Frauen gegenüber zu galant. Du wirst nicht so zu ihr reden wie ich. Dir macht sie schöne Augen, vielleicht weint sie auch ein bißchen, und dann gibst du nach.“

„Oho, Goldköpfchen, bin ich solch ein Schwächling?“

„Nein, ein Schwächling bist du nicht, Häschen, aber grob kannst du auch nicht sein. – Schweige nur still, Häschen, ich weiß das aus eigener Erfahrung. Oder soll ich dich daran erinnern, wie ich dich einmal furchtbar gekränkt habe? Weißt du es noch? Ich hatte mir eingebildet, du liefest einer anderen Frau nach. Da hast du auch nicht mit mir gescholten, und du hattest doch damals wirklich ein Recht dazu.“

„Mein liebes, kleines Goldköpfchen."

„Den Farbentopf werfe ich ganz allein hinaus! – Nein, solch eine Gemeinheit! Wer weiß, was das für eine schlechte Schokolade war! Und dann habe ich die kleine Krabbe noch gezwungen, Linsensuppe zu essen, 'raus fliegt sie heute. Am liebsten ginge ich gleich jetzt hinüber und sagte ihr: ›Zieh dir nur sogleich das Reisekleid an. Um zehn Uhr fährt dein Zug.‹"

„Ich hoffe, daß meine kleine Frau die Grenzen des Anstandes nicht verletzen wird, auch wenn sie im Augenblick furchtbar ärgerlich ist."

„Die Grenzen des Anstandes hat der Farbentopf längst verletzt. Auge um Auge, Zahn um Zahn, Häschen. – Na, hab' nur keine Sorge, ich will ihr schon gründlich meine Meinung blasen."

Harald sah seine Frau lachend an.

„Warum lachst du, Häschen?"

„Weil ich gerade gestern den Hermann gehört habe. Er stand unten im Garten und rief ganz laut: ›Dem werde ich die Meinung blasen!‹ Ob er das wohl von dir hatte, Goldköpfchen?"

„Ach ja", sagte sie seufzend, „man muß schrecklich acht auf sich geben, wenn man drei Kinder hat, die alles aufschnappen. Aber nun will ich hinüber zu Erna gehen. Du mußt ja doch gleich fortgehen."

Wendelin nahm zärtlich den goldblonden Kopf seiner Frau zwischen beide Hände und küßte sie auf die Stirn.

„Morgen zum letzten Male, dann geht es in die Ferien. Weißt du, ich freue mich darauf, wie damals, als ich, ein junger Student, nach Dillstadt reisen durfte."

„Und diesmal wird es in den Ferien noch viel schöner werden, Harald. Auch ich freue mich auf den grünen Wald und den ländlichen Frieden."

Einige Minuten später fühlte Goldköpfchen vorsichtig den Kopf ihrer Jüngsten an. Sie nickte zufrieden.

„Ich denke, Frau Leuschner, daß wir die Reise um höchstens einen oder zwei Tage hinauszuschieben brauchen."

Ehe Hella Brodowin beim Frühstück erschien, war Goldköpfchens Zorn ein wenig verraucht. Trotzdem erschien eine tiefe Falte auf der Stirn, als ihr Hella lächelnd die Hand zum Morgengruß reichte.

„Ich bitte dich, Hella, nachher deine Sachen einzupacken. Deine Abreise muß noch heute erfolgen."

„Ganz unmöglich, Bärbel!"

„Durchaus nicht unmöglich, Hella. Lange genug haben wir dir davon gesprochen, daß wir am Mittwoch reisen wollen."

„Erna ist doch erkrankt."

„Jawohl, Erna ist erkrankt. Wer trägt die Schuld daran? Du allein, Hella. Ich denke, es ist in deinem Interesse am besten, wenn wir darüber nicht weiter sprechen."

„Was heißt denn das, Bärbel?"

„Das heißt, daß ich es mir ganz energisch verbitte, daß du meine Kinder vor dem Mittagessen mit Schokolade fütterst. Meine Kinder bekommen an Süßigkeiten das, was sie brauchen. Du hast den Magen Ernas in ganz unvernünftiger Weise überladen."

„Ich? – Wie kommst du dazu, das zu sagen?"

„Mach' erst keine Ausreden, Hella."

„Bärbel, was ist das für ein Ton?"

„Es ist der Ton einer entrüsteten Mutter. Soll ich dir sagen, was ich vermute? Daß du die viele Schokolade Erna mit einer ganz besonderen Absicht zu essen gabst."

„Das wird ja immer besser! Solch eine Behandlung bin ich allerdings nicht gewöhnt, Bärbel."

„Ich bitte dich daher nochmals, den heutigen Mittagszug zu benutzen."

„Ich soll abfahren, ohne mich von deinem Manne zu verabschieden? Solch eine Unhöflichkeit traust du mir doch wohl nicht zu.“

„Harald läßt dir eine gute Reise wünschen.“

„Soso, Häschen ist also damit einverstanden. – Ach, nicht möglich! Dabei versicherte er mir erst gestern, daß es für ihn die größte Freude sein würde, wenn ich mit nach Tannengrund käme.“

„Er denkt gar nicht daran, er will dort seine Ruhe haben.“

„Glaubst du, ich lüge dir etwas vor?“ Hella schaute mit zusammengekniffenen Augen auf Bärbel. „Ich hätte geschwiegen, Bärbel, denn ich halte es nicht für korrekt, Unfrieden in der Ehe zu stiften. Wenn du mich aber der Lüge zeihst, will ich dir nur sagen, daß mich dein Häschen sehr gern hier sieht.“

„Mein Mann ist eben viel zu rücksichtsvoll, dir seine Meinung ins Gesicht zu sagen.“

„Liebes Bärbel, dein Mann ist ein hochkultivierter Mensch. Er sieht Frauen gern, die auf ihr Äußeres halten. Du müßtest etwas mehr Wert auf gutes Aussehen legen.“

„Meinst du vielleicht, ich sollte mir die Augenbrauen rasieren und mich anmalen? Ich glaube nicht, daß Harald einen geschminkten Mund küssen wird.“

„Ich will den Frieden deiner Seele nicht stören, aber er hat mir doch sein Herz ausgeschüttet. Die Männer sind nun einmal so, daß sie neben ihrer Frau auch noch etwas zum Bewundern haben wollen.“

Diese Worte machten auf Goldköpfchen gar keinen Eindruck. Sie kannte ihr Häschen viel zu gut. Sie wußte sich von ihm so innig geliebt, daß auch nicht die geringste Regung von Eifersucht in ihr aufsprang.

„Also noch einmal“, begann sie kurz, „der Zug von Dresden nach Berlin fährt um zwölf Uhr vier Minuten. Von Heidenau nach Dresden hast du immer Anschluß. Ich werde zur Zeit ein Auto bestellen, das dich zum Bahnhof bringt.“

Hella lachte spöttisch auf. „Wenn du mich durchaus auf diese taktvolle Weise hinauswirfst, werde ich natürlich nicht länger bleiben. Aber um zwölf Uhr kann ich unmöglich reisen. Ich werde heute abend, gegen sieben Uhr, nach Dresden fahren. Das andere braucht dich nicht mehr zu kümmern. Und ein Auto bestelle ich mir allein."

Bärbel atmete erleichtert auf. Sie ahnte wohl, daß Hella noch bis zum Abend hierbleiben wollte, um nochmals mit Harald zu reden. Sie würde dort aber auch keinen Rückhalt finden. Heute abend war man diesen lästigen Besuch wieder los, dann wollte man am Donnerstag oder Freitag die Ferienreise antreten.

Kaum hatte Hella das Zimmer verlassen, als sie mit leiser Stimme nach Hermann rief. Wie glücklich der Zufall spielte! Am heutigen Morgen war der erwartete Brief der Filmgesellschaft eingegangen. Man schrieb ihr, man sei neugierig auf den Knaben, sie solle ihn in Berlin vorstellen. Möglichst bald. Reisegeld sei gleichzeitig per Postanweisung an sie abgegangen. Vielleicht könne es Fräulein Brodowin möglich machen, ihn am Mittwoch vormittag vorzustellen.

In Hellas Gesicht leuchtete es schadenfroh auf. Hermann hatte seit Freitag Ferien. So bestand nach dieser Richtung hin kein Hindernis. Geld war unterwegs, sie mußte nun nur noch eine passende Gelegenheit suchen, mit dem Knaben ganz heimlich das Haus zu verlassen.

So saß denn Hermann in Hellas Zimmer und hörte voller Erstaunen zu, was sie ihm erzählte.

„Du wirst ein reicher Junge werden, wirst in den schönsten Hotels wohnen und darfst immerfort Theater spielen."

„Brauche ich dann nicht mehr in die Schule zu gehen?"

„Du bekommst einen besonderen Lehrer."

„Muß ich bei dem noch mehr lernen?"

„Nein, Hermann, der Mann muß sich immer nach dir richten, denn du bist ein Künstler."

„Und bekomme ich auch Strümpfe mit Blumen drauf?“

„Natürlich, du wirst bald in seidene, bald in Samtgewänder gekleidet werden, die Zeitungen bringen dein Bild. – Du darfst im Luftschiff fliegen. Die ganze Welt kennt dich bald. Oh, es wird herrlich werden!“

„Und heute soll ich mit dir fortfahren?“

„Jawohl, Die Eltern dürfen es aber nicht wissen.“

„Weißt du, Tante, dann bekomme ich aber mächtige Prügel, wenn ich wiederkomme. Wir müssen immer erst fragen, wenn wir fortgehen wollen.“

„Dein Vater wird glücklich sein, wenn er einen so berühmten Sohn hat. Du mußt aber zu jedermann schweigen. Versprichst du mir das?“

„Wir wollen doch auf die Försterei fahren.“

„Du kommst nach Berlin, dort ist es viel schöner. Denke doch einmal, wenn du auf der Leinwand bist. Du hast doch auch schon ein Kinotheater besucht? Es wird dir viel Freude machen.“

„Kommen der Vati und die Mutti auch mit nach Berlin?“

„Später, mein lieber Junge. Zuerst will man dich sehen.“

Dann erzählte Hella Brodowin ausführlich von dem Leben eines kleinen Filmkönigs, von den zahlreichen Freuden und Genüssen, von schönen Reisen. Der Ausdruck in dem Knabengesicht wurde immer gespannter.

„Bald spielst du einen Prinzen, bald einen armen Jungen, einen Musikanten, dann einen Zeitungsboy, jeden Tag etwas anderes. Jetzt soll ein großer Film gedreht werden, für dich, mein Junge.“

„Bekomme ich alle die schönen Kleider geliefert?“

„Alles, alles und noch viel mehr. Bald bist du ein Knabe mit blonden Locken, dann mit schwarzen Haaren. Du bekommst einen Scheitel, und auch dein Gesicht verändert man.“

„Au, Gesichter schneiden kann ich kräftig.“

„Das ist gar nicht nötig, Hermann. Es kommt ein Herr, der hat allerlei Farben, damit malt er dich an."

„Ach, so wie du hier!"

„Nun, so ähnlich. Du mußt doch immer anders aussehen, wenn du eine neue Rolle spielst."

„Aber das Zeug geht doch so schlecht ab."

„Du mußt dich nur tüchtig mit Vaseline abreiben und dann mit warmem Wasser waschen."

„Muß ich mich dann auch immerzu waschen, wenn ich beim Film bin?"

„Natürlich, sehr oft sogar, mein Junge."

„An einem Tage mehrmals?"

„Selbstverständlich, mein Kind."

„Weißt du, Tante Hella, dann will ich doch lieber auf die Försterei fahren. Die olle Wascherei kann ich gar nicht leiden. – Muß ich mir sogar die Ohren waschen, wenn ich beim Film bin?"

„Aber, Hermann, was bist du doch für ein dummer Junge! Reichtum und Glück stehen dir bevor. Also heute mittag fahren wir, und niemand darf es wissen. Meine Koffer werden vorher auf die Bahn gebracht. Du brauchst weiter nichts. Einen anderen Anzug bringst du mir ins Zimmer, den packe ich mit ein. Die Eltern dürfen nichts erfahren, hörst du?"

„Wenn ich mich aber immerzu waschen soll? – Aber der Mutti darf ich es doch sagen?"

„Nein, auch nicht der Mutti."

„Na, wenn ich doch bis Berlin fahren soll."

„Das ist ja eben unser Geheimnis."

„Das muß ich mir erst noch überlegen."

„Aber, Hermann, du wirst mir doch keinen Strich durch die Rechnung machen? Berlin ist wunderbar schön. Du machst deinen Eltern eine große Freude, wenn du berühmt wirst. Du kommst in eine ganz neue Welt."

Hermann überlegte. Er hatte noch viele Einwendungen zu machen. Er war schließlich ganz wirr im Kopfe von Tante Hellas vielem Erzählen. Diese aber nützte seine Unentschlossenheit aus.

„Nun lauf rasch hinüber in dein Schlafzimmer und bringe mir deinen Sonntagsanzug und die guten Schuhe. Aber rasch, mein Junge."

Hermann verließ nachdenklich das Zimmer. Im Kinderzimmer saß Jürgen und spielte. Anna war gerade mit dem Aufräumen beschäftigt.

„Sag mal, Anna, möchtest du eine Stellung haben, in der du dich immerzu waschen mußt?"

„Ich wasche mich an jedem Morgen ordentlich, das genügt."

„Siehst du, das meine ich auch. Es genügt sogar, wenn man sich nur am Sonntag ordentlich wäscht und in der Woche nur den Staub wischt im Gesicht. Wenn ich nun eine Stelle bekomme, wo ich mich immerzu waschen muß."

Als er den Sonntagsanzug aus dem Schrank nahm, wehrte Anna ab.

„Der wird heute nicht angezogen."

„Angezogen wird er nicht, Anna, nur eingepackt."

„So, dann nimm ihn." Anna dachte daran, daß Frau Bärbel, die beim Einpacken war, den Knaben beauftragt hatte, den Anzug zu holen.

Als aber Hermann draußen auf dem Flur stand, den Anzug unter dem Arm, wurde ihm das Herz schwer. Er kam zurück ins Zimmer.

„Anna! Ist es in Berlin schöner oder auf der Försterei Tannengrund?"

„Natürlich ist es in der Försterei Tannengrund schöner. Besonders jetzt im Sommer."

„Ach, du weißt das nicht. Ich will mal den Onkel Forstrat fragen."

Er warf den Anzug mitten in die Stube und stürmte die Treppe hinab.

„Onkel Forstrat, würdest du lieber heute mittag nach Berlin fahren oder übermorgen nach Tannengrund?“

„Natürlich nach Tannengrund.“

„Würdest du gern ein ganz berühmter Mann sein, der in Samt und Seide angezogen wird, der nicht mehr in die Schule zu gehen braucht, sondern einen Lehrer bekommt, aber – du mußt dich an jedem Tage mehrmals waschen. Würdest du so eine Stelle annehmen?“

„Was ist denn das für eine schöne Stellung?“

„Ich darf um Himmels willen nichts sagen, Onkel Forstrat. Aber sie will mich doch mitnehmen.“

Der Forstrat witterte Unheil. Auch gestern wieder hatte Hella Brodowin davon gesprochen, daß sich bei Wendelins in Kürze etwas ereignen würde.

„Wer will dich mitnehmen? Erzähle mir doch etwas mehr von der Stellung.“

„Dem Vati und der Mutti darf ich auch nichts sagen; aber bei dir ist das was anderes. Sie packt schon die Sachen ein, und heute mittag soll es losgehen.“

Zehn Minuten später wußte der Forstrat alles. Dem Knaben gegenüber zeigte er keinerlei Empörung.

„Du wärest ja schön dumm“, sagte er ganz ruhig, „wenn du mit Fräulein Brodowin nach Berlin fahren wolltest. In Tannengrund warten die vielen kleinen Schweinchen auf dich, und ein großer Ziegenbock ist auch da – und so viele Ziegen und weiße Kaninchen. Der Förster nimmt dich auf seinem Wagen mit, dann darfst du kutschieren. – Was willst du denn in Berlin? Laß nur Tante Hella allein dorthin fahren. Denk doch mal“, der Oberförster neigte sich an das Ohr des Knaben, „dort brauchst du dich auch nicht an jedem Tage zu waschen.“

„Wirklich nicht, Onkel Forstrat?“

„Im Walde kommt es nicht so darauf an.“

„Ich fahre mit nach Tannengrund!"

„So ist es recht, mein Junge. Nun will ich mal hinaufgehen und dem Fräulein Brodowin selbst sagen, daß du nicht mitkommst."

„Fein, au fein! Ich fahre nach Tannengrund und nicht nach Berlin!"

Mit diesem lauten Ruf stürmte Hermann die Treppe hinauf und lief der Mutter gerade in die Arme.

„Mutti, ich fahre lieber nicht nach Berlin, ich komme mit dir."

Ehe Bärbel antworten konnte, sah sie den Forstrat kommen. Dieser winkte nur mit der Hand zum Zeichen, daß sie den Knaben nicht weiter fragen möge.

Vom Forstrat erfuhr sie dann alles. Erneut stieg die Empörung in ihr hoch.

„Ich danke Ihnen herzlich, Herr Forstrat. Aber lassen Sie nur, ich werde selbst zu Hella hineingehen."

Sie stand vor der erstaunten Freundin.

„Es ist mir sehr recht, Hella, daß du schon am Mittag fahren willst. Es ist auch die allerhöchste Zeit, daß du unser Haus verläßt. Auf Hermann brauchst du nicht erst zu rechnen. Derartigen Unsinn kannst du an anderer Stelle erzählen. Meinst du, mir erschiene dein Beruf beneidenswert? Und auch meine Kinder will ich vor dieser Welt des Scheins bewahren. Suche dir, wen du willst, dafür; Hermann gebe ich nicht dazu her. Aber schäme dich, die Kindesseele vergiften zu wollen. Und nun will ich dich nicht länger beim Einpacken stören. Ich bedaure es, daß du den Weg zu mir fandest, ich hoffe, daß wir uns nicht so bald wiedersehen."

Hella antwortete nichts darauf. Sie stand abgewandt von Bärbel und suchte im Schrank herum.

Gegen elf Uhr kam sie fertig angekleidet zu Bärbel, fragte, ob sie telephonieren dürfe. Sie brauche ein Auto.

Zehn Minuten später war der Wagen da. Mit spöttischem Lächeln trat Hella abschiednehmend zu Bärbel.

„Ich scheide aus eurem Paradiese, ich kann nicht sagen, daß der Aufenthalt paradiesisch schön war."

„Laß es dir gut gehen, Hella."

„Ich weiß mir meine Zukunft zu zimmern, jedenfalls habe ich nicht das Verlangen, vor dem Küchenherd in Heidenau zu verkümmern."

Das Auto fuhr davon. Ein befreiender Seufzer kam von Bärbels Lippen. Dann ging sie zurück ins Haus, breitete beide Arme aus.

„Mein Heim, mein Paradies! Wieviel Glück birgt es in sich. Die Schlange ist 'raus, mein Haus ist wieder gesäubert!"

4. Kapitel
In Tannengrund

Mit zwei Tagen Verspätung hatte Familie Wendelin die Reise nach der Försterei Tannengrund angetreten. Der Ort schien außerordentlich günstig gewählt zu sein. Die Försterei, ein hübscher Bau, lag mitten im Buchenwald, unweit davon eine prachtvolle Wiese, die Goldköpfchens ganzes Entzücken war. Auf dieser Wiese wollte sie liegen und träumen, dem Gesang der Vögel lauschen und sich so recht von Herzen ausruhen und erholen.

Für die Kinder gab es unsäglich viel Neues zu sehen. Die großen Stallungen, in denen sich zwei Pferde, Kühe, Schweine, Ziegen, Hühner und Kaninchen befanden, lösten stürmischen Jubel aus. Als man dann gar noch hörte, daß die Kinder Gelegenheit haben würden, zwei zahme Rehe zu sehen, kannte die Begeisterung keine Grenzen mehr.

Hermann lief von einem Stall in den anderen, schlug sich mit der Hand vor die Stirn und schrie: „Ein Dummkopf wäre ich beinahe gewesen, ein Dummkopf, ein riesengroßer Dummkopf!"

„Weshalb denn?“ fragte der Förster, dem die Freude der Kinder viel Spaß machte.

„Na, hab' ich etwa in Berlin Rehe, Schweine und Kühe? Ein Dummkopf wäre ich gewesen. Meinen Sie nicht auch, Herr Förster?“

Als die Kinder zum ersten Male vom Vater hörten, daß der Förster den Namen Piepenburg führte, schrien sie vor Lachen.

„Piepenburg – Piepenburg“, schallte es, nicht als ob drei schrien, nein, als ob eine Horde von zwanzig unartigen Knaben losgelassen sei.

„Heißt du wirklich Piepenburg?“ fragte die kleine Erna den Forstmann.

„Jawohl, so heiße ich.“

„O pfui Teufel, wie kann man so heißen! Piepe, Piepe, Piepenburg.“

Schließlich mußte Frau Bärbel die unartige Gesellschaft zur Ordnung rufen. Sie verbot den Kindern auf das strengste, den Förster oder dessen Frau zu verhöhnen.

„Ich schicke euch sofort mit Frau Leuschner nach Hause.“

Worauf Jürgen noch zur selben Stunde der Försterin sagte: „Oh, ist ja so ein schöner Name, den du hast, viel schöner als mein Name. Heißt du auch wirklich Piepenburg?“ Dabei verzog sich das Kindergesicht allerdings wieder zu vergnügtem Grinsen.

Am Abend, als Frau Leuschner die Kinder zu Bett brachte, wurde Goldköpfchen wieder durch lautes Geschrei herbeigerufen. Die Försterin hatte im zweiten Schlafzimmer ein großes Bett für beide Knaben aufgestellt, da sie so viel Kinderbetten nicht besaß. Bärbel hatte gemeint, es ginge recht gut, wenn die beiden Knaben zusammen schliefen. Als sie das Zimmer betrat, sah sie Frau Leuschner, die anscheinend eben ärgerlich auf die im Bett liegenden Buben eingeredet hatte, mit hochrotem Kopfe stehen.

Jürgen hatte Tränen in den Augen und war von Hermann ganz auf die Seite gedrückt worden.

„Wollt ihr wohl friedlich sein!“

„Ich möchte schon friedlich sein“, schluchzte Jürgen. „Aber der Hermann ist so frech. – Ich hab' doch keinen Platz.“

„Nanu, in solch einem breiten Bett können doch zwei kleine Jungen sehr gut nebeneinander liegen.“

„Nein“, schluchzte Jürgen jämmerlich. „Der Hermann will immer in der Mitte liegen, und ich soll auf beiden Seiten liegen.“

„Ja, das soll er“, bestätigte Hermann.

„Sprich nicht so dummes Zeug, Hermann!“

„Ich kann aber nicht auf beiden Seiten liegen“, weinte Jürgen, und erneut begann das Geschrei.

Hermann mußte zur Seite rücken. Als Bärbel zur Tür hinausgehen wollte, weil sie glaubte, sie habe Ordnung geschaffen, fiel Hermann mit Gepolter zum Bett heraus.

„Ätsch“, frohlockte Jürgen, „jetzt habe ich ihn mit den Beinen kräftig hinten drangestoßen. Nu fliegt er 'raus!“

Hermann begann zu weinen, dann riß er dem Bruder das Kopfkissen fort, und ehe es Frau Leuschner verhindern konnte, schlug er damit auf Jürgen ein.

„Du Lausebengel!“ Aber schon fühlte er einen leichten Schlag von Frau Leuschners Hand auf seinem Munde. Da weinten beide Knaben.

„Lassen Sie nur, gnädige Frau, ich stifte hier schon Ordnung.“

Bärbel ging aus dem Zimmer, sie wußte, sie konnte sich auf die treue Frau Leuschner verlassen. Aber draußen begann sie zu lachen. Sie stellte sich Hermanns Verlangen nochmals vor und schüttelte den Kopf über die Kinder, die so urkomische Einfälle hatten.

In dem Bett war freilich noch lange keine Ruhe und Ordnung. Bald zog der eine, bald der andere Knabe an der Decke, dann wurde noch ein Weilchen gesprochen.

„Das Bett piept“, meinte Hermann. Beide Knaben begannen mit dem Bett zu schaukeln.

„Hahaha, das Bett vom Herrn Piepenburg piept.“

„Ihr sollt schlafen, sonst wacht die kleine Erna auf.“

„Hahaha“, lachte es aus dem Nebenzimmer, „ich schlafe noch nicht. Mein Bett hat so 'nen komischen Draht, da kann ich die Nase durchstecken.“

Die alte treue Kinderfrau ging hin und her. Die vielen neuen Eindrücke waren viel zu mächtig in den Kinderseelen. Immer wieder, wenn alle drei ein Weilchen ruhig gelegen hatten, mußte einer noch etwas fragen.

Endlich aber kam doch der Sandmann; die Kinder schliefen fest ein.

Goldköpfchen schritt an der Seite des Gatten noch ein wenig in dem herrlichen Garten umher. Welch eine Ruhe, welch ein Frieden in der Natur!

„Ich glaube, mein liebes Goldköpfchen, die Ruhe und Stille wird uns beiden sehr guttun. Die Kinder werden wir viel der guten Frau Leuschner überlassen, denn du sollst hier gründlich ausruhen.“

„Ach ja, Häschen. Die Kinder haben hier so viel zu sehen, die Förstersleute scheinen sehr nett zu sein, ich denke, es werden herrliche Ferien werden.“

Aber schon am nächsten Morgen wurden die Hoffnungen Goldköpfchens vernichtet.

„Mutti, komm mit, wir haben dir sooo viel zu zeigen!“

„Die Mutti will jetzt mit Vati in den Wald gehen.“

„Ach nee, den Vati hast du doch schon so lange, da waren wir noch ganz klein, da bist du schon mit dem Vati spazierengegangen. Nu sind wir an der Reihe.“

Frau Leuschner kam und erklärte den Kindern energisch, daß sie die Mutter in Ruhe lassen sollten. Man wollte hinaus aufs Feld gehen, zu den beiden Pferden.

„Aber die Mutti muß mit! – Mutti, so schöne Pferde hast du überhaupt noch nicht gesehen. Komm nur mit!“

Erst als der Vater erschien, wurde der strikte Befehl ausgegeben, daß die Kinder mit Frau Leuschner zu den Pferden gehen sollten. Bärbel blieb mit dem Gatten auf der Wiese zurück.

Welch eine herrliche Stunde der Erholung war das! Obwohl sich Goldköpfchen ein Buch zum Lesen mitgenommen hatte, zog sie es vor, mit geschlossenen Augen dazuliegen. Von Zeit zu Zeit tastete sich ihre Hand zu der des Gatten hinüber, der neben ihr ausgestreckt auf dem grünen Boden lag. Beide ersehnten nichts als Ruhe und Ausspannung.

Zum Mittagessen fand sich die Kinderschar wieder ein. Bärbel sah strahlende Gesichter.

„Mutti, was wir erlebt haben, oh, es war fein!“

Dann begannen die drei furchtbar zu lachen. Das Gekicher wollte gar kein Ende nehmen.

„Nun kommt zu Tisch, es ist Zeit.“

„Ew gibt gleich waw zu ewen.“

Frau Bärbel schaute verdutzt auf Hermann. Was hatte er plötzlich für eine eigentümliche Stimme, und warum stieß er mit der Zunge an? Jürgen und Erna krümmten sich vor Lachen.

„Wo ist Welma? Kommt Welma auch?“

Die beiden Kleinen schrien vor Vergnügen.

Frau Bärbel schüttelte verwundert den Kopf.

„Wepp heißt du? Wepp ist ein wehr schöner Name.“

„Wepp, Wepp!“ jauchzten die beiden anderen.

„Ich bin nämlich die Magd vom Herrn Förster und heiße Welma.“

Langsam fing die Mutter an zu begreifen. Fragend wandte sie sich an Frau Leuschner.

„Ja, ja, gnädige Frau", sagte die Alte, „da ist nun nichts zu machen. Die Kinder haben Bekanntschaft mit der Magd, der Selma, geschlossen, sie hat einen kleinen Sprachfehler. Um die Ärmste zu foppen, haben sich die Kinder umgetauft. Der Hermann meinte, er heiße Sepp."

„Wuwchen heißt sie", lachte Hermann. „Die Erna heißt Wuwchen!"

„Mutti, ich bin jetzt Suschen."

„Immer wieder haben sie das arme Mädchen dazu gebracht, sich von ihr rufen zu lassen. Ich habe es ihnen mehrfach verwiesen, leider hat es nichts genützt."

Aufs neue erließ Bärbel ihre Mahnungen. Wenn ein Mensch einen Sprachfehler habe, dürfe man ihn damit nicht foppen.

Aber schon am Nachmittage hallte es hier und dort durch das Haus:

„Welma, komm mal her. Welma, wie heiße ich?"

Goldköpfchen horchte auf.

„Du bist der Wepp."

Brüllendes Gelächter folgte.

„Und wie heißt meine kleine Schwester?"

„Wuwchen."

Der Jubel wollte kein Ende nehmen. Die gutmütige Magd schien die Verhöhnung nicht zu bemerken. Sie machte tatsächlich einen recht beschränkten Eindruck, war sonst aber arbeitsam und grundehrlich. Für die Kinder war Selma natürlich eine Quelle ewigen Humors und Gelächters. –

In der ländlichen Stille und Einsamkeit wollte Goldköpfchen endlich all ihre Briefschulden abtragen. Sie war in letzter Zeit so wenig zum Schreiben gekommen, und dabei interessierten sich doch die guten Eltern für alles, was im Wendelinschen Hause vorging. Seit dem Tode der

Großmama, der vor zwei Jahren erfolgte, hatte Bärbel keine nahen Verwandten mehr in der Nähe. Wie hatte ihr die gute, treue Seele gefehlt! Großmama Lindberg war sanft und friedlich hinübergeschlummert, doch noch heute betrauerte Frau Bärbel die Entschlafene, bei der sie eine so glückliche Jungmädchenzeit verlebt hatte. Wie oft wanderte sie zu dem Grabe. Immer prangte es im herrlichen Blütenschmuck, denn auch Harald sorgte dafür, daß die von ihm hochverehrte Frau unvergessen blieb.

In Dillstadt ging alles seinen gewohnten Gang. Der Vater hatte sich seit kurzem ein wenig von seinem Berufe zurückgezogen, da er durch seinen Sohn Kuno sehr entlastet wurde. Kuno hatte sein Examen als Apotheker mit Auszeichnung bestanden und zeigte immer mehr, daß er zu diesem Berufe trefflich geeignet war.

Wie anders war dagegen Martin, der Zwillingsbruder Kunos, geartet. Martin studierte auf den verschiedensten Universitäten Medizin. Schon die ersten Semester hatte der Bruder stark verbummelt, alle Ermahnungen der Eltern hatten nichts gefruchtet. So kam es, daß Martin, der bereits neunundzwanzig Jahre zählte, noch immer nicht sein Staatsexamen gemacht hatte.

An diesen Zwillingsbruder dachte Bärbel jetzt, als sie wieder auf der sonnigen Wiese lag. Martin hatte den Eltern gar manchen Kummer bereitet. Sie wußte, er war ein leichtlebiger junger Mann, der schon öfters Schulden gemacht hatte. Beim ersten Examen war er durchgefallen. Daraufhin hatte er erklärt, umzusatteln und Chemie zu studieren. Der Vater hatte nachgegeben; doch nach einem abermaligen verbummelten Semester war Martin wieder zu dem Entschluß gekommen, lieber bei der Medizin zu bleiben.

Im vorigen Jahre war es gewesen, daß Martin ganz unerwartet in Heidenau eintraf. Bärbel hatte gleich von Anfang an ein Gefühl des Unbehagens gehabt. Der Bruder war nervös und gereizt und hatte schließlich allerlei heimliche Unterredungen mit Harald. Da Harald vor seiner Frau keine Geheimnisse hatte, erfuhr sie, allerdings erst nach der plötzlichen Abreise des Bruders, daß Martin beträchtliche Schulden gemacht hatte. Die Eltern hatten sich geweigert, diese abermaligen Schulden zu tilgen. So war Martin nach Heidenau gekommen, um den Schwager um Hilfe zu bitten.

Der Oberingenieur hatte geholfen. Er hatte sich aber von Martin das feste Versprechen geben lassen, daß jener von nun an fleißig dem Studium obliege und vor allem dafür sorge, daß er mit dem reichlichen Monatswechsel auskomme.

Martin schrieb nicht oft. Man erfuhr wenig von seinen Neigungen, nur im zeitigen Frühjahr war erneut von ihm die Nachricht gekommen, daß er auch dieses Semester noch nicht ins Examen gegangen sei. Er habe diesen Plan bis zum Herbst verschoben.

Neunundzwanzig Jahre. Andere Mediziner waren längst in Amt und Brot. Nur Martin bummelte noch immer auf den Universitäten herum. Seit einem Jahre studierte er in Jena, wo es ihm anscheinend sehr gut gefiel.

Warum schweiften ihre Gedanken immer wieder zu Martin hin? Warum mußte Bärbel, obwohl Harald von allerlei Dingen sprach, ausschließlich an den Bruder denken? Warum fühlte sie eine so eigenartige Unruhe in sich? Es hielt sie schließlich nicht länger auf der Wiese.

„Hast du schon genug gefaulenzt, mein Goldköpfchen?“ neckte sie der Gatte.

„Ich bin heute so unruhig, Häschen, ich will einmal nach den Kindern sehen.“

„Die sind bei Frau Leuschner ganz prächtig aufgehoben.“

Aber Bärbel ließ sich nicht zurückhalten. Sie ging ins Haus. Dort sagte ihr die Försterin, daß die Kinder mit drei Ziegen in den Wald gegangen wären.

„Ihr Ältester wollte gern noch drei Schweine mitnehmen, das habe ich ihm nicht erlaubt.“

„Lassen Sie den Kindern, bitte, nicht gar zu viel durchgehen, Frau Piepenburg, sie machen hier übergenug Wirtschaft. Die Kinder haben ausreichend Freude und Zerstreuung."

„Ach, es sind doch so liebe Kinder."

Bärbel lachte. „Hoffentlich sind Sie bei unserem Scheiden noch derselben Ansicht."

„Vorhin war der Briefträger da, gnädige Frau. Er hat einen Brief für Sie abgegeben. Er liegt drüben in Ihrem Zimmer."

Diesmal konnte es Bärbel kaum erwarten, sie mußte hingehen und wissen, woher das Schreiben kam. Es war direkt an sie gerichtet. Sie sah die Handschrift des Bruders.

„Von Martin", sagte sie leise, und erneut überkam sie ein Gefühl des Unbehagens.

Ihre Ahnungen hatten sie nicht getrogen. Der Brief war ein stürmisches Flehen um Geld. Martin schrieb, daß er sich in einer verzweifelten Lage befände. Er müsse innerhalb acht Tagen fünfhundert Mark schaffen. An die Eltern könne er sich nicht wenden. Bärbel möge auch kein Wort zu Harald darüber verlauten lassen. Sie würde schon Rat wissen, sie müsse ihm helfen, sonst könnte das Schlimmste eintreten.

Bärbel war ratlos. Selbstverständlich stand es für sie fest, daß Harald von diesem Schreiben sofort Kenntnis bekam. Sie wußte, daß der Bruder dem Schwager das Versprechen gegeben hatte, keine neuen Schulden mehr zu machen. Nun hatte er sein Wort gebrochen.

Sie las den Brief noch mehrere Male durch. Die Töne der Verzweiflung, die darin angeschlagen wurden, waren unzweifelhaft echt. Martin schien in einer sehr unangenehmen Lage zu sein. Fünfhundert Mark waren immerhin eine Summe, mit der man im Wendelinschen Hause rechnen mußte. Ersparnisse hatte man keine machen können, der Haushalt kostete Geld, außerdem opferte man für wohltätige Zwecke allmonatlich eine beträchtliche Summe. In Heidenau gab es verschiedene alte, verarmte Männer und Frauen, die regelmäßige Unterstützungen von Wendelins bezogen.

Schließlich nahm Bärbel den Brief und begab sich damit zurück auf die Wiese. Schweigend reichte sie das Schreiben dem Gatten. Harald brauchte seinem Goldköpfchen nur in die Augen zu sehen, um zu wissen, daß es eine niederdrückende Botschaft erhalten hatte.

Er las. Eine tiefe Furche zeigte sich auf seiner Stirn. Dann erhob er sich und steckte den Brief zu sich.

„Ich werde statt deiner an Martin schreiben."

„Willst du ihm nochmals helfen?" fragte Bärbel zaghaft.

„Nein."

„Er ist in Not –"

„War das nötig? Beunruhige dich nicht, Goldköpfchen, ich werde zuerst genauere Auskünfte verlangen."

„Wenn er sich ein Leid antäte – er ist doch mein Bruder."

„Glaubst du, daß er sich ändern würde, wenn er jetzt wieder umgehend Beistand fände? Wir dürfen ihn in seiner Liederlichkeit nicht noch unterstützen. Ich kenne Martin. Mit Besorgnis habe ich sein Studium verfolgt. Er soll es an den Nagel hängen, wenn er die Studentenzeit nur dazu benutzt, um zu verbummeln."

Wenn Harald in diesem Tone sprach, wußte Bärbel, daß nichts zu erreichen war. Trotzdem legte sie den Arm um seine Schulter und sagte nochmals weich und zärtlich:

„Er ist ein schwacher Mensch, Häschen, aber er ist doch mein Bruder. Geschwister sollen zusammenhalten."

„Ich glaube, mein Kind, ich erweise ihm einen besseren Dienst, wenn ich heute ›nein‹ sage, als wenn ich versuche, das Geld zu beschaffen."

Mit schwerem Herzen sah Bärbel dem davonschreitenden Gatten nach. Sie selbst konnte dem Bruder nicht helfen, höchstens daß sie bei den

Eltern die Vermittlerin spielte. Es würde den Vater tief betrüben, wenn er erneut von der Liederlichkeit seines Sohnes hörte. Wenn sie an Kuno schrieb? Aber er konnte wohl auch schlecht helfen. Außerdem war Kuno ein sehr guter Geschäftsmann, der es schon einmal abgelehnt hatte, dem Bruder auszuhelfen. Aber Martin schrieb so verzweifelt, daß man wohl alles versuchen mußte, ihm noch einmal zu helfen.

Noch während Bärbel ihren trüben Gedanken nachging, hörte sie plötzlich das laute Lachen des Försters. Zwischendurch klangen die hellen Stimmen ihrer Kinder.

„Und du, Hermann? Hast du Freunde?"

„Ja, drei Stück, aber ich kann sie alle drei nicht leiden."

„Warum denn nicht?"

„Sie sind so dumm und so gefräßig."

Wieder lachte Förster Piepenburg. Auch auf Bärbels Gesicht erschien ein Lächeln. Kamen einmal traurige Stunden über sie, waren es immer wieder die Kinder, die sie absichtlich und unabsichtlich erheiterten. Harald würde die Angelegenheit mit dem Bruder gewiß regeln. Er hatte ihr gesagt, sie solle sich nicht beunruhigen. Sie wollte es versuchen, trotzdem lag ein Schatten auf ihrem Gemüt. Martin war gewiß leichtsinnig; ein Leid würde er sich nicht antun. Harald hatte recht, wenn er nicht gleich half. Sie wollte dem Bruder aber doch schreiben, ihn nochmals eindringlich ermahnen, endlich fleißiger zu arbeiten und vor allen Dingen mit dem Gelde sparsamer umzugehen. Sie wußte, daß manch einer, der so anfing wie der Bruder, schlecht endete. Das war es, was Bärbel bekümmerte.

„Onkel Piepenburg, sitzt in der Teufelsschlucht der Teufel? Stößt er Erna mit den Hörnchen, wenn sie hinkommt?"

„Nein, kleines Mädchen, der Teufel tut artigen Kindern nichts."

„Ich glaube nicht an den Teufel", sagte Hermann, „es gibt ja keinen."

„Na, na", drohte der Förster.

„Du kannst mir viel vorreden! Die Anna hat auch gesagt, es gibt einen Weihnachtsmann. Das ist genau so wie beim Teufel. Das ist immer der Vati."

„Aber, Hermann!"

„Ich glaube eben an keinen Weihnachtsmann und an keinen Teufel. Die großen Leute wollen die Kinder nur dumm machen. – Wenn mal der Teufel zu mir käme, würde ich sagen: ›Ach, Vati, verstell' dich mal nicht.‹"

Wieder mußte Bärbel leise lachen. Die Bemerkung, daß der Vater der Teufel sei, war freilich nicht gerade respektierlich. Aber sie war nicht schlimm gemeint.

„Aber 'nen Engel gibt's doch, Onkel Piepenburg?"

„Freilich!"

„Nee", lachte Hermann, „Engel gibt's auch nicht!"

„O doch", meinte Jürgen, „die Mutti ist ein Engel."

„Hast recht, kleiner Mann. Deine Mutti ist wirklich ein Engel."

„Und die Flügel hat man ihr abgeschnitten, Onkel Piepenburg. – Warum denn?"

„Sonst paßt ihr das Kleid nicht", sagte Jürgen altklug.

Bärbel erhob sich. Die Kinder waren ganz in der Nähe. Warum sollte sie nicht zu ihnen gehen und sich die trüben Gedanken verscheuchen lassen. – –

Am Abend fragte Bärbel zaghaft den Gatten, was er an Martin geschrieben habe.

„Ich habe ihm ins Gewissen geredet, mein Goldköpfchen, und ihm geschrieben, daß er Hilfe von dir nicht zu erwarten braucht."

„Ich habe ihm auch geschrieben, Harald. – Ob es wohl nützen wird?"

„Es ist schade, daß gerade in die Ferienzeit hinein solch eine unangenehme Nachricht kommt. Schlage dir nur alle die trüben Gedanken aus dem Kopfe, Martin wird selbst Rat wissen."

Obwohl sich Goldköpfchen in den nächsten Tagen bemühte, fröhlich zu erscheinen, mußte sie immer wieder an Martin denken, mit schwerem Herzen. Ob er einen Ausweg gefunden hatte oder ob ihn die Verzweiflung packte?

Voller Unruhe wartete sie an jedem Morgen auf den Briefträger, hoffend, daß von Martin ein Lebenszeichen käme. Sie hatte den Bruder so herzlich gebeten, ihr mitzuteilen, was er weiter zu tun gedenke; die Antwort aus Jena hätte längst eintreffen müssen. Außerdem ging auch das Semester zur Neige. Martin würde wahrscheinlich nach Dillstadt zu den Eltern fahren. Eine Aussprache würde erfolgen, der gute Vater würde alles noch einmal regeln.

Harald bemerkte die Unruhe sehr wohl, die seine junge Frau erfaßt hatte. Nicht mehr wie in den ersten Tagen lag Bärbel auf der grünen Wiese, sie ging in den Wald, kam wieder zurück, huschte ins Haus hinein und kehrte nur für Viertelstunden zu ihrem Lagerplatz zurück.

Bei einem solchen unruhevollen Gange hörte sie vor der Försterei einen Wagen anhalten. Es war dieselbe Zeit wie damals, als man selbst mit dem Fuhrwerk hier angekommen war, also der Anschluß an den Eisenbahnzug.

Bärbel blieb stehen und schaute zum Eingang hinüber. Ein Herr in mittleren Jahren stieg aus, schaute sich um und kam langsam näher. Zuerst hatte er Bärbel erblickt, die er forschend betrachtete.

Er zog höflich den Hut. „Wenn ich mich nicht irre, so sehe ich Frau Wendelin vor mir. Die Ähnlichkeit ist unverkennbar."

„Sie wünschen?"

„Mein Name ist Kellermann, ich komme aus Jena. Der Besuch gilt Ihnen, gnädige Frau."

Eisiger Schrecken durchfuhr Bärbel.

„Was ist mit meinem Bruder geschehen?"

Der andere lächelte. Unwillkürlich trat Bärbel einen Schritt zurück. Der Fremde flößte ihr Unbehagen ein. Das Lächeln stand dem unerbittlichen Gesicht mit dem spöttischen Zuge um die Lippen gar nicht.

„Ihr Herr Bruder ist wohlauf und gesund."

„Wollen Sie näher treten oder – wollen wir im Garten bleiben?"

„Wenn es Ihnen recht ist, bleiben wir im Garten. Ich hoffe, daß unsere Unterredung schnell zu einem zufriedenstellenden Ergebnis führt, damit ich den nächsten Zug erreiche. Der Wagen wartet."

„Sie bringen mir Nachricht von meinem Bruder?"

Kellermann betrachtete aufmerksam seine Fingernägel und lächelte. „Es wird an Ihnen liegen, gnädige Frau. Ich kam persönlich, im Interesse Ihres Herrn Bruders. Er ist mir stark verpflichtet."

Bärbel senkte den Kopf. „Vielleicht ist es gut, wenn ich meinen Mann rufe."

„Oh, nicht doch!" Er legte seine gepflegte Hand auf ihren Arm. Da trat Bärbel noch einen Schritt mehr zurück.

„Es ist besser, wenn wir die Angelegenheit allein durchsprechen, meine verehrte gnädige Frau."

„Sagen Sie mir ohne Umschweife, was Sie mir mitzuteilen haben", klang es herb zurück. Bärbel setzte ihre abweisendste Miene auf, denn die süßlichen Blicke des Mannes bereiteten ihr Unbehagen.

„Wie Sie wünschen, gnädige Frau. Ihr Herr Bruder hat des öfteren Darlehen von mir erhalten, er hat sich zur Rückgabe verpflichtet, sein Wort aber nicht gehalten. Es sind zwei Wechsel in meinem Besitz, die ich Ihnen vielleicht präsentieren darf. Es dürfte Ihnen bekannt sein, gnädige Frau, daß ein Verhalten, wie das Ihres Herrn Bruders, zur Folge haben könnte, daß er von der Universität verwiesen wird."

„Es ist mir bekannt, daß mein Bruder Schulden hat. Wie hoch ist die Summe?"

Das süßliche Lächeln wich nicht vom Gesicht Kellermanns, als er langsam aus seiner Brieftasche zwei Wechsel zog.

„Der eine lautet über eintausend Mark, der zweite über zweitausend Mark. Außerdem habe ich Ihrem Herrn Bruder noch mit anderen Beträgen ausgeholfen. Die beiden Wechsel sind am heutigen Tage fällig."

„Ich verstehe davon sehr wenig", erwiderte Goldköpfchen angstvoll. „Es ist besser, ich rufe meinen Mann."

„Ihr Herr Gemahl hat klipp und klar jede Hilfe abgelehnt, gnädige Frau. Ich weiß von Herrn Wendelin, daß also auf Tilgung der Schuld durch Ihren Gatten nicht zu rechnen ist. Nur die Schwester, so meinte der Herr Kandidat, wäre vielleicht doch dazu bereit. Ich nehme an, gnädige Frau, daß Sie Ihrem Herrn Bruder die Karriere nicht verderben und die fälligen Wechsel einlösen werden."

„Selbst wenn ich es wollte, ich könnte es nicht."

„Wo ein Wille ist, da ist auch ein Weg, gnädige Frau."

„Ich habe keine dreitausend Mark. Mein Mann hat wohl ein gutes Einkommen, doch wird es aufgebraucht. Ersparnisse haben wir nicht."

„Soviel ich weiß, stammen gnädige Frau aus einem vermögenden Hause."

„Meine Eltern haben mir eine sehr gute Aussteuer mitgegeben, weiter habe ich nichts zu beanspruchen."

„Ja", Kellermann zuckte mit den Schultern, „dann wird Ihr Herr Bruder von der Universität verwiesen werden. Die Angelegenheit wächst sich langsam zu einem Skandal aus, denn ich bin nicht der einzige in Jena, der von Ihrem Herrn Bruder in unverantwortlicher Weise getäuscht wurde."

„Ich habe das Geld nicht."

„Nun, im Notfalle könnte ich an eine Verlängerung des Wechsels denken, wenn mir von Ihrer Seite gewisse Garantien gegeben würden."

„Ich sagte Ihnen schon, Herr Kellermann, daß ich von alledem nichts verstehe. Was kann ich Ihnen für Garantien geben?"

„Sie verpflichten sich durch Ihre Unterschrift zur monatlichen Abzahlung, meine verehrte gnädige Frau. Sehen Sie, ich bin kein Unmensch, ich will nicht, daß diese schönen blauen Augen in Tränen schwimmen. Ein so süßes Frauchen wie Sie –“

„Ich denke, wir haben Geschäftliches zu verhandeln“, brauste Goldköpfchen auf.

„Gewiß, gnädige Frau“, sagte Kellermann mit leichtem Hohn in der Stimme. „Ich präsentiere Ihnen die beiden Wechsel über die Summe von dreitausend Mark und frage an, ob ich das Geld für Ihren Herrn Bruder erhalten kann.“

„Das ist ganz unmöglich.“

„Also gut, dann hätte ich hier nichts mehr zu suchen.“

„Und was wird mit Martin?“

„Weiß ich das?“

„Warten Sie noch einen Augenblick, ich bin sogleich wieder hier.“

Mit einem spöttischen Lächeln schaute Kellermann der Davoneilenden nach. Holte sie das Geld oder rief sie den Gatten herbei? Vielleicht überlegte sie sich zuerst die Angelegenheit. Welch ein reizendes, blondes Frauchen! Warum war sie nur gar so abweisend? Auf monatliche Abzahlungen wollte sich Kellermann einlassen. Vielleicht konnte er auch mit dem reizenden, goldblonden Frauchen gute Freundschaft schließen.

Bärbel eilte zu Harald. Mit hastigen Worten berichtete sie ihm von dem Besuch. Sie konnte und wollte hinter dem Rücken des Gatten nichts tun. Es erschien ihr ganz unmöglich, vor ihrem Häschen ein Geheimnis zu haben. Sie wäre sich geradezu schuldbeladen vorgekommen, wenn sie ihm nicht mehr ihr ganzes Herz ausschütten konnte.

Schweigend hörte Harald den Bericht seiner Gattin an.

„Ich werde allein mit Herrn Kellermann verhandeln.“

„Nein, Harald, ich bitte dich, laß mich zugegen sein. Es ist gut, wenn ich auch etwas von geschäftlichen Dingen erfahre. Ich muß wissen, wie alles ausgeht. Man kann Martin doch nicht von der Universität weisen. Seine ganze Zukunft wäre verpfuscht."

„Wer hätte die Schuld daran, mein Goldköpfchen?"

„Ja, ja, Harald, ich sehe es ja ein, er ist es selbst, der sich die Zukunft verdirbt. Aber Geschwister sollen immer fest zusammenhalten."

„So komme mit mir. Ich weiß, du hättest sonst doch keine Ruhe."

Kellermann erhob sich sehr steif, als er den Oberingenieur kommen sah. Einige kurze Fragen hin und her, aufs neue zeigte Kellermann die beiden Wechsel.

„Wie kommt es, daß mein Schwager nur fünfhundert Mark brauchte, da diese Wechsel über dreitausend Mark lauten?"

„Darüber kann ich Ihnen leider keine Auskunft geben."

„Wenn ich die Frage stellen würde, was mein Schwager an barem Gelde von Ihnen erhalten hat, würde ich sicher eine ganz andere Summe hören als die, die auf diesen Papieren steht."

„Herr Wendelin!"

„Es ist müßig, darüber zu streiten. Mein Schwager hat die unheilvollen Wechsel unterschrieben und sich dadurch in Ihre Hände gegeben. Stecken Sie die Papiere wieder ein, ich bin nicht in der Lage, zu helfen."

Harald fühlte auf seinem Arm Goldköpfchens flehenden Druck, doch keine Miene seines Gesichts veränderte sich.

„Ihr Verhalten wird die schlimmsten Folgen haben, Herr Wendelin."

„Das wird sich mein Schwager auch gesagt haben."

„Sie lehnen also jede Hilfe ab?"

„Jawohl."

„Dann hätte ich hier nichts mehr zu suchen." Kellermann hatte sich erhoben.

„Ich werde wahrscheinlich noch heute mit meinem Schwager in Jena sprechen. Ich fahre heute nachmittag zu ihm und werde hören, wie sich die Angelegenheit verhält."

„Die Wechsel sind heute fällig, Herr Wendelin."

„Und werden nicht eingelöst", klang es bestimmt zurück.

„So bin ich gezwungen, die Klage einzureichen."

„Sie werden über alles Weitere unterrichtet werden, Herr Kellermann. Sie hören morgen von mir."

Der Geldverleiher war gegangen. Bärbel schaute den Gatten bittend an.

„Du willst zu Martin fahren?"

„Ja, mein liebes Kind, ich sehe ein, daß es in diesem Falle das beste ist, wenn ich mir Martin persönlich vornehme. Anders geht es nicht. Ich habe die schlimmsten Befürchtungen, außerdem traue ich Kellermann nicht. Beutelt der Mann deinen Bruder auf eine unglaubliche Art und Weise aus, so wird er sich hüten, energische Schritte zu unternehmen. Er wird den Betrag erhalten, den er hergeliehen hat."

„So willst du Martin noch einmal helfen?"

„Nur unter gewissen Bedingungen, die ich mit Martin abmachen werde. Sonst nicht."

„Ach, Harald, wie gut du bist!"

„Nein, Bärbel, glaube nicht, daß diese Hilfe bereits erwiesen ist. Erst will ich von Martin hören, wie er sich seine Zukunft denkt. Es könnte sein, daß ich ihm noch heute jeden Beistand versage."

Am Mittag rüstete Harald in größter Eile zum Aufbruch. Er mußte den Zweiuhrzug nehmen. Er hatte Bärbel und den Kindern gesagt, daß er vielleicht schon morgen wieder zurück sein werde.

Hermann wollte natürlich mitfahren, als er von der Reise des Vaters hörte.

„Ihr bleibt recht artig bei Frau Leuschner, quält die Mutti nicht gar zu sehr, denn Mutti braucht Ruhe."

„Bringst du uns auch was mit, Vati?"

„Ja, einen Stock, wenn ich höre, daß ihr nicht brav wäret."

„Au, Vati, du wirst deine Freude an uns haben. Frau Piepenburg sagte neulich, wir seien furchtbar artige Kinder."

„Nun, dann ist es ja gut, dann bleibt nur so."

Bereitwilligst spannte der Förster den Wagen an, um den Oberingenieur zur Bahn fahren zu lassen. Natürlich fuhren alle drei Kinder mit. Auch Bärbel begleitete den Gatten.

„Sei nicht traurig, mein Goldköpfchen, es wird schon alles wieder zum guten Ende kommen."

„Sei mal nicht traurig, Goldköpfchen", echote Hermann, duckte sich aber sofort, als er die zuckende Hand des Vaters sah.

„Soll ich dich abladen lassen?"

„Aber Vati, du wirst mich doch nicht allein in den dustern Wald setzen. Du bist doch nicht die böse Stiefmutter."

„Dann betrage dich, wie es sich für einen anständigen Jungen geziemt."

Auf dem Bahnhofe umarmte Harald Wendelin sein Goldköpfchen nochmals herzlich. „Morgen bin ich wieder bei dir, hoffentlich mit guten Nachrichten."

Aber am nächsten Tage hielt Goldköpfchen ein Telegramm in Händen, das lautete: „Komme erst Sonntag, fahre nach Dillstadt."

Diese wenigen Worte besagten ihr, daß es mit dem Bruder schlimm stand, daß der Gatte nicht in der Lage war, allein die Angelegenheit zu ordnen, daß er die Hilfe seines Schwiegervaters dazu brauchte.

5. Kapitel
Gestörte Ferien

Bärbel hob lauschend den Kopf. Aus der Veranda, in der Frau Leuschner mit den Kindern bei weniger gutem Wetter saß, ertönte lautes Durcheinander. Vor allem war es die erregte Stimme Hermanns, dazwischen auch die des etwas stilleren Jürgen.

„Wenn du uns eben alle Freude verderben willst, kannst du wieder nach Heidenau fahren."

„Und was soll ich euch anziehen?"

„Wirst du schon wissen."

„Sieh dir das einmal an, Hermann. Wie ist das nur möglich?"

Dann das helle Stimmchen der kleinen Erna in etwas weinerlichem Tonfall: „Wir sind doch die Affen gewesen, die so schön klettern können. Wie im Zoologischen Garten."

„Jawohl, ich war der Gorilla, der sich mit dem Schwanz an den Bäumen schaukelt. Jawohl, und wenn dabei die dumme Hose entzweigeht, kann ich doch nichts dafür."

Da hielt es Frau Bärbel für richtig, nach der Veranda hinüberzugehen und zu hören, was sich schon wieder zugetragen hatte. Die gute Frau Leuschner, sie hatte wirklich herzlich wenig Erholung in der Försterei. Immer sah man sie mit einer Flickerei; selbst wenn sie die Kinder begleitete, trug sie einen Beutel am Arme, um die Zeit, in der die Kinder spielten, mit Flicken auszunützen.

„Was ist denn schon wieder los?" Goldköpfchen trat auf die Veranda. Frau Leuschner versuchte, ein Paar Beinkleider außer Sichtweite zu bringen. Sie wußte, daß sich die gute Mutter wieder recht ärgern würde, wenn sie sah, daß nun auch die Sonntagshose stark zerrissen worden war. Aber Bärbels scharfe Augen hatten den Schaden bereits entdeckt.

Jürgen schmiegte sich sogleich an die Mutter. „Du freust dich doch, wenn wir schön spielen, Mutti? Und es war sooo schön. Kleine, niedliche Kletteraffen sind wir gewesen. Das macht doch nichts, Mutti?“

„Und dabei habt ihr die Sachen zerrissen?“

„Wenn wir ein Fell hätten wie die richtigen Gorillas, dann wäre es besser. – Ach, Mutti, das Loch macht Frau Leuschner auch wieder zu.“

„Seht ihr denn nicht, wie die gute Frau Leuschner tagaus, tagein fleißig für euch arbeitet? Ihr habt die Freude – und die gute Frau Leuschner die Arbeit. Ist das richtig?“

„Mutti, du hast gesagt, der Mensch ist zum Arbeiten da.“

„Aber der Mensch muß auch einmal Erholung haben. Schämt euch, die guten Sachen zu zerreißen. Einen Sack müßte man euch anziehen.“

Jubelndes Gelächter folgte auf diese Worte.

„Ich weiß“, schrie Hermann, „die Piepe hat so viele Säcke liegen. Hurra, einen Sack!“

Weg waren die drei Kinder. Goldköpfchen rief zwar noch den Namen des Ältesten, doch er kam nicht zurück.

„Ich will lieber nachgehen“, sagte Frau Leuschner, „sonst bringen sie alles in Unordnung.“

„Lassen Sie nur, liebe Frau Leuschner, ich gehe selbst.“

„Die Säcke liegen im Geräteschuppen, gnädige Frau, oben auf dem Brett.“

Bärbel schlug den Weg nach dem Hofe ein. Da hörte sie schon das Aufschreien ihrer Jüngsten. Dann lautes Poltern. Im Laufschritt eilte sie zum Schuppen. Zwischen Brettern und Holzleisten saß Erna auf der Erde und rieb sich Kopf und Schultern.

„Esel, dummer!“ schrie sie unter Weinen. „Alles hat er mir auf den Kopf geworfen!“

Hermann hatte indessen die Säcke heruntergezogen, alles lag durcheinander auf dem Boden. Die Mutter hielt es wieder einmal an der Zeit, die drei gründlich auszuschelten, und ermahnte sie, im Vorgarten zu bleiben, bis Frau Leuschner mit der Arbeit fertig sei und mit ihnen in den Wald gehe. Glücklicherweise war Erna nichts weiter geschehen, die Kleine lehnte es auch ab, mit der Mutter zu gehen, sie wollte bei den Brüdern bleiben, um Hermann zu verhauen.

Bärbel hatte heute keine Ruhe. Sie setzte sich zu der alten Kinderfrau in die Veranda, um sich an den Näharbeiten zu beteiligen. Aber kaum war sie eine Viertelstunde an der Arbeit, als Förster Piepenburg hastig die Tür aufriß.

„Sind die Kinder hier?"

„Nein, sie spielen im Garten."

„Allmächtiger!"

Bärbel fuhr auf. „Was ist geschehen, Herr Förster?"

„Nichts, nichts, gnädige Frau."

Der Förster eilte davon. Goldköpfchen warf die Arbeit zur Seite. Sie wollte ihm nacheilen; da sah sie ihn aus dem Garten laufen, schon hörte sie sein lautes Rufen:

„Hermann – Hermann!"

Wo waren die Kinder? Der Garten war leer. Die Kleinen hatten wieder nicht gefolgt und waren unbeaufsichtigt in den Wald gegangen. Warum war Förster Piepenburg so erschrocken? Er hatte selbst gesagt, daß der Wald keine Gefahren für die Kinder biete. Was konnte den Kleinen zugestoßen sein? Sie waren alle drei zusammen. Wie ängstlich die rufende Stimme des Forstmannes klang! Etwas mußte ihn stark beunruhigen.

Bärbel rief die Försterin. „Wissen Sie, wo meine Kinder hingegangen sind?"

„Nein, nein, du lieber Himmel, wenn nur kein Unglück geschehen ist."

„So sagen Sie mir doch, was ist vorgefallen?"

„Machen Sie sich nur keine Sorgen, gnädige Frau, mein Mann ist schon nachgelaufen. Es ist bestimmt nichts geschehen."

„Was ist vorgefallen?"

„Ach, mein Mann wollte ins Revier. Er hat die Flinte ans Haus gestellt, ist nur noch für einen Augenblick zurückgekommen. Als er wieder aus dem Hause tritt, ist seine Flinte verschwunden."

„War sie geladen?"

„Natürlich war sie das."

„Wohin sind die Kinder gelaufen?"

„Wahrscheinlich in den Wald. Der Hermann hat die Flinte schon immer haben wollen, doch mein Mann hat sie niemals aus der Hand gegeben."

Für die geängstigte Mutter gab es jetzt kein Halten mehr. Sie eilte dem Förster nach, dessen Rufen nur noch leise zu ihr herüberklang.

„Hermann! Jürgen! Hermann!" so schallte es durch den Wald.

Keine Antwort erfolgte. Wie gehetzt lief Bärbel weiter. Dicke Schweißtropfen standen ihr auf der Stirn. Sie vernahm jetzt wieder das Rufen des Försters und nun noch eine dritte.

„Wepp – Jürgen – Wepp –"

Die geängstigte Försterin hatte auch Selma, die Magd, nach den Kindern ausgeschickt.

Und dann ein kurzer, scharfer Knall, der Bärbel fast das Blut in den Adern erstarren ließ.

„Lieber Himmel, laß kein Unglück geschehen, stehe den Kindern bei!"

Woher der Schuß kam, sie wußte es nicht. Er hallte im Walde wider. Aber Förster Piepenburg, dessen Ohr geschult war, wußte sofort die Richtung und schlug sich seitwärts in die Büsche. Das war seine Flinte, das war ein Schuß, der ohne Zweifel von Hermann abgegeben worden war, der ja immer so interessiert die Flinte betrachtet hatte.

In den nächsten Minuten waren die Kinder von ihm gefunden. Die Flinte lag am Boden, Hermann stand an einen Baum gelehnt, er war weiß wie die Wand. Auf dem Waldboden saß Jürgen und weinte leise vor sich hin. Aus dem weißen Hemd sickerte rotes Blut.

Der Förster kniete neben dem Knaben nieder und atmete erleichtert auf. Jürgen war am Arm verletzt. Es schien nur ein Streifschuß zu sein, der immerhin eine schmerzhafte Wunde verursacht haben mußte.

Sofort traf er alle notwendigen Vorkehrungen, verband den Arm des Knaben. Schweigend schaute Hermann zu.

„Wer hat geschossen?“ fragte er bebend vor Zorn.

„Wir haben Förster gespielt“, schluchzte Jürgen. „Ich war der Hase, und er war der Förster, und da – und da – au, es tut so weh!“

„Förster habt ihr gespielt. So will ich dir jetzt mal zeigen, was der Förster mit solch einem Bengel macht.“

Bärbel vernahm lautes Schreien. Der Herzschlag wollte ihr aussetzen. Nur hin, schnell hin zu den Weinenden! Was waren das für Schläge, was war das für eine erbitterte Stimme?

„Du Lümmel, du leichtsinniger Bursche! Soll ein Kind denn Schußwaffen in die Hand nehmen? Habe ich euch das nicht streng verboten?“

Dann das Weinen Jürgens, in das sich das der kleinen Schwester einmischte.

„Sie leben!“ jauchzte Bärbel und bahnte sich durch dichtes Gestrüpp ihren Weg. Die Tannen zerkratzten ihr Gesicht und Hände, rissen an den blonden Haaren, aber Bärbel achtete nicht darauf. Nur hin zu den Kindern.

„Ich will's nicht wieder tun!“

Klatsch, klatsch, klatsch! Das waren die Schläge des Försters, der Hermann über das Knie gelegt hatte und unerbittlich auf den Knaben einschlug.

„Ich habe doch nur Förster gespielt."

„Hermann! Jürgen! Erna!" Goldköpfchen warf sich auf die Knie, breitete die Arme aus, um die Kinder zu umfangen, sah den blutenden Jürgen und sprang entsetzt wieder auf.

Nun ließ auch Förster Piepenburg mit seinem Strafgericht nach. Hermann weinte, doch wagte er sich nicht zur Mutter. Er hatte beide Hände auf den Rücken gelegt, denn dort fühlte er noch immer die schwere Hand des erzürnten Försters.

„Die Tracht hat er verdient, gnädige Frau. Nun marsch, heim!"

„Jürgen, was ist geschehen?"

„Er wollte den Hasen schießen. Ich habe gehupft, da knallte es."

Bärbel nahm Jürgen auf den Arm; aber Förster Piepenburg ließ das nicht zu.

„Geben Sie mir den Jungen, den trage ich heim! Die Verletzung hat nicht viel auf sich."

Er hob zuerst das Gewehr auf, hing es über die Schulter, dann nahm er den Knaben auf den Arm. Mit schnellen Schritten ging man heimwärts. Bärbel hatte Mühe, sich auf den Füßen zu halten. Die letzten Minuten hatten sie unsagbare Nervenkraft gekostet. Bei Jürgen hatte zuerst der Schreck den Schmerz überwunden. Nun aber fühlte er doch das Brennen und Bohren, erneut begann er heftig zu weinen.

Bärbel vermochte nichts zu sagen. Sie hielt die kleine Erna an der Hand. Für Hermann hatte sie keinen Blick. Dieser schlich mit gesenktem Kopf hinter der Karawane her und schluckte energisch die Tränen hinunter. Er hatte es ja gar nicht schlimm gemeint. Man hatte doch nur gespielt. Freilich, das Gewehr hätte er dem Förster nicht fortnehmen dürfen; aber es machte doch so viel Spaß, mit der Flinte in den Wald zu gehen und Förster zu spielen. Hermann war selbst über alle Maßen erschrocken gewesen, als der Schuß knallte. Jetzt lag es ihm wie ein Stein auf der Brust, daß der jüngere Bruder verwundet war.

Man traf auch bald auf Selma. Aber Hermann hatte gar keine Lust, die Magd zu verhöhnen. Er gab nicht einmal Antwort, als sie ihn ausschalt. Alle hatten ja so recht, er war ein schlechter Junge. Er hatte die Strafe verdient. Es schnitt ihm ins Herz, wenn er die Mutti ansah. Aus Bärbels sonst so frischem Gesicht war jede Farbe gewichen, die Lippen zitterten, und Hermann sah, wie ihr von Zeit zu Zeit die Zähne zusammenschlugen. Das alles hatte er verschuldet, dabei hatte er dem Vater versprochen, recht artig zu sein.

Frau Leuschner kam gelaufen. Mit wenigen Worten wurde sie über das Vorgefallene unterrichtet. Dann telephonierte man nach dem Arzt. Hermann stand in der Ecke der Veranda. Er sah dem Förster und der Mutter nach, die den weinenden Jürgen ins Schlafzimmer trugen. Aus den großen blauen Kinderaugen fielen die Tränen. Es war niemand mehr in der Veranda. Alle waren um Jürgen beschäftigt. Man hatte ihn vergessen oder wollte nichts mehr von ihm wissen. Ob er nachging? Er traute sich nicht. Wenn doch wenigstens jemand gekommen wäre, der ihn gescholten hätte.

„Mutti", schluchzte er, „Mutti, komm doch zu mir!"

Und als sich noch immer niemand sehen ließ, ging er auf den Flur hinaus und öffnete vorsichtig die Tür zum Schlafzimmer. Alle umstanden das Bett Jürgens.

„Es tut so weh, au, es tut so weh!"

Zögernd blieb Hermann an der Tür stehen. Dann schlich er vorsichtig zu Frau Leuschner hin.

„Muß der Jürgen nu sterben?"

„Geh fort, Hermann, du unartiger Junge!"

Der Knabe suchte nach der Hand der Mutter. Doch sie war mit Jürgen beschäftigt. Hermann hatte das Gefühl, als sitze ihm ein großer Stein im Halse, als könne er nicht mehr atmen. Da ging er leise aus dem Zimmer. Im Garten angekommen, warf er sich ins Gras und weinte bitterlich.

Wäre wenigstens der Vater daheim gewesen. Ihm hätte er in seiner augenblicklichen Zerknirschtheit alles eingestanden. Er hätte sicherlich noch einmal Prügel bekommen. Das wollte er schon hinnehmen. Daß man ihn aber keines Blickes würdigte, daß ihn sogar die gute Frau Leuschner fortwies, das war kaum zu ertragen.

Wenn der kleine Bruder sterben mußte? Er hatte schon davon gehört, daß Menschen starben, die von einer Flintenkugel getroffen wurden.

Ein wildes Weinen brach aus seiner Brust.

„Ich will nie wieder ungezogen sein! Ich will nie wieder schönen Kuchen essen! Ich will nie wieder auf dem Schaukelpferd reiten! Ich will – Ich will –" Er wußte selbst nicht weiter. Jürgen sollte gesund werden, das war alles, was den Knaben augenblicklich erfüllte.

Er hörte den Wagen des Arztes vorfahren, aber er versteckte sich nur noch tiefer in den Garten. Und doch fieberte er vor Ungeduld. Gar zu gern hätte er gewußt, wie es um den kleineren Bruder stand.

Schließlich hielt er es nicht länger aus. Aufs neue begab er sich ins Haus. Dort begegnete er dem Förster.

„Muß der Jürgen sterben?"

Obwohl der Forstmann dem Knaben noch immer zürnte, brachte er es nicht fertig, ihm eine unfreundliche Antwort zu geben. Er sah es diesem verweinten Kindergesicht an, wie Hermann litt.

„Hoffentlich geht alles gut ab. Aber dein Bruder muß weggebracht werden. Er kommt ins Krankenhaus. Sie müssen ihn operieren und die Kugel herausholen."

„Kommt er bald wieder?"

„Nein. So schnell geht das nicht. Vierzehn Tage muß er dort bleiben."

„Immer im Bett?"

„Jawohl. Und das alles, weil du so unartig gewesen bist."

„Ich werde mit in das Krankenhaus gehen“, schluchzte Hermann. „Ich werde immerfort mit dem Jürgen spielen, werde ihm Geschichten vorlesen, und wenn er weint, dann werde ich ihm gut zureden. Er – er soll nicht traurig sein. Tut es sehr weh, wenn sie ihm die Kugel 'rausholen?“

„Freilich. Der arme Bruder muß große Schmerzen aushalten.“

„Ich will ihm auch immer meine Nachspeise schenken. Und wenn ich Schokolade bekomme, auch.“

„Dein Vater wird sehr erschrecken! Und der armen Mutter machst du solche Sorge. Nun muß sie auch mit ins Krankenhaus und kann sich nicht mehr im schönen Walde ausruhen.“

Förster Piepenburg ging davon, denn es gab für die Überführung nach dem Krankenhause noch mancherlei zu ordnen. Der Arzt hatte festgestellt, daß die Verletzung doch schlimmer war, als es im ersten Augenblick den Anschein hatte. Trotzdem bestand keinerlei Lebensgefahr. Aber eine kleine Operation war nötig, weil die Flintenkugel noch im Oberarm saß.

Für Bärbel wurde dadurch der Ferienaufenthalt jäh abgebrochen. Sie beschloß, mit Jürgen nach dem Krankenhause zu fahren und auch in seiner Nähe zu bleiben, weil der Knabe sich sonst zu sehr sehnen würde, das könnte die Heilung beeinträchtigen. Obwohl Harald noch nicht zurückgekehrt war, konnte sie die Kinder ohne Sorgen in der Försterei bei Frau Leuschner zurücklassen, die nach dem schrecklichen Vorfall gewiß kein Auge mehr von Hermann und Erna ließ. Auch Harald sollte ruhig in Tannengrund bleiben, er sollte Erholung haben und seine Ferien nicht verkürzen.

Mit liebevollen Worten tröstete Goldköpfchen den verwundeten Sohn.

„Wenn ich wieder gesund bin“, grollte Jürgen, „schieß' ich den Hermann tot. Dann kann es ihm auch so weh tun.“

Erst jetzt besann sich Bärbel auf ihren Ältesten. In der ersten Aufregung hatte sie seiner gar nicht gedacht. Wo war er? Wie ertrug er den Gedanken, den Bruder verletzt zu haben?

Sie bat Frau Leuschner, ihren Platz am Bett Jürgens einzunehmen, sie wollte Hermann aufsuchen.

Sie fand ihn im Garten. Er lehnte mit verschränkten Armen an einem Baum, den Kopf am Stamm. Er sah die Mutter nicht kommen. Erst als sie ihn anrief, wandte er sich um.

Sein Gesicht war mit Erde beschmutzt. Darüber waren die Tränen geflossen und fortgewischt worden. Noch waren die Kinderaugen, die sich auf die Mutter richteten, voller Wasser. Einen Augenblick blieb er zögernd stehen, dann stürzte er auf Bärbel los, umschlang sie aufschluchzend und drückte das Antlitz in die Falten ihres Kleides.

Der Körper des Knaben bebte vor Aufregung. Bärbel ahnte, was im Herzen ihres Ältesten vorging. Er fürchtete, daß ihn die Mutter von sich stoßen würde, weil er auf den Bruder geschossen hatte.

Mit ruhigem Ernst zwang die Mutter den Knaben, daß er ihr ins Gesicht sähe.

„Du hast viel Kummer über deine Eltern gebracht, Hermann. Versprich mir, daß du in Zukunft nicht wieder ungehorsam sein willst, und Dinge, die du nicht anrühren darfst, ruhig stehenläßt. Versprich mir das aus deinem Herzen heraus. Und denke später immer aufs neue daran!"

„Mutti, Mutti!" Hermann umklammerte den Hals der Mutter.

„Es hätte schlimm ausgehen können, Hermann!"

„Ich will immer brav sein! Immerfort! Ich will den Jürgen immer liebhaben und nicht mehr schießen. Mutti, bist du mir böse?"

„Du hast deine Mutti sehr, sehr traurig gemacht!"

„Mutti, lach doch mal, Mutti, du hast so traurige Augen. Ach, Mutti, lach doch mal!"

Bärbel schüttelte den Kopf. „Deine Mutti kann jetzt nicht lachen, Hermann. Die hat großen Kummer. Jürgen muß ins Krankenhaus. Und wenn Mutti heute fortfährt, dann wirst du sehr, sehr artig sein. Willst du, Hermann?"

„Ja“, sagte er schluchzend, „ich werde sehr, sehr artig sein. Aber dann lachst du wieder und bist auch wieder gut, Mutti?“

„Ich werde Frau Leuschner fragen, wenn ich zurückkomme. Ich habe dein Versprechen, Hermann. Du bist zwar erst zehn Jahre alt, aber ein Versprechen müssen auch Kinder halten.“

„Ich werde ganz artig sein. Bist du mir gut? Magst du mich noch leiden, oder hast du nur noch den Jürgen lieb?“

„Nein, Hermann, ich habe dich auch lieb. Aber nun muß ich zu deinem Brüderchen. Der Wagen wird bald da sein. Dann müssen wir fort.“

Noch einmal füllten sich die Kinderaugen mit Tränen, als Bärbel mit Jürgen den Wagen bestieg, um nach dem Krankenhause zu fahren.

„Ich schieß' dich tot, wenn ich wiederkomme.“ Das war das letzte, was man von Jürgen hörte. Hermann nickte nur dazu. Es war ihm wohl recht, wenn man ihn später totschoß.

Am späten Abend kehrte Harald Wendelin zur Försterei zurück. Die Schulden Martins hatten sich als so beträchtlich erwiesen, daß der Oberingenieur keinen anderen Ausweg sah, als die Eltern zu unterrichten.

Wohl zeigte sich Martin sehr zerknirscht, trotzdem brach sein Leichtsinn immer wieder durch, er meinte, andere junge Leute machten auch Schulden, so schlimm sei das doch nicht. Der Schwager hatte ihm ernsthafte Vorhaltungen gemacht und schließlich erklärt, daß man gar keine Veranlassung habe, für einen so liederlichen Menschen noch Opfer zu bringen.

Auch Herr Wagner in Dillstadt war derselben Meinung. Seit Jahren verdroß es ihn, daß Martin mit seinem Studium nicht vorwärtskam. Im letzten Jahre hatte er mit einer großen Summe ausgeholfen. Die Beträge, die er heute von Harald hörte, überstiegen diese Summe noch um ein beträchtliches. Nicht nur bei Kellermann hatte Martin Schulden, in verschiedenen Gasthäusern, bei mehreren Zigarrenhändlern, beim Schneider und bei den Wirtsleuten.

Man beriet hin und her. Schließlich hatte sich Herr Wagner entschlossen, selbst nach Jena zu fahren, um dort wenigstens jene Schulden zu begleichen, die durchaus dringend waren. Er wollte seinem Sohne noch eine letzte Frist stellen. Wurde das Examen in diesem Winter nicht gemacht, mußte Martin die Universität verlassen und konnte sich dann irgendeine Stellung suchen.

„Ich ziehe meine Hand von ihm ab, wenn er mich noch weiter ausnutzt."

Harald Wendelin war sehr froh, daß er Bärbel wenigstens einen kleinen Trost mitbringen konnte. Wenn der Vater nach Jena fuhr, würde das Dringlichste geregelt werden. Hoffentlich kam Martin nun endlich zur Vernunft und ließ es nicht bis zum Äußersten kommen.

Kuno, der Zwillingsbruder Martins, erklärte mit eiserner Energie, daß er keine Lust habe, für den leichtsinnigen Bruder einzutreten. Man sollte den Liederjahn nach Amerika abschieben, daß er endlich arbeiten lerne. Kuno war auch der Ansicht, daß Martin das Examen im kommenden Semester wieder nicht machen werde und die geopferten Geldsummen zwecklos seien. Frau Wagner dagegen legte gar viele gute Worte für den Sohn ein, und das war schließlich ausschlaggebend für den Vater, daß er nochmals helfen wollte.

Gegen zehn Uhr abends traf der Oberingenieur im Forsthause ein. Herr Piepenburg empfing ihn. Er wollte den Ahnungslosen langsam auf das Vorgefallene vorbereiten.

Schweigend hörte der Heimkehrende den Bericht an. Seine ersten Gedanken galten der verängstigten Mutter, der man den Sommeraufenthalt durch dieses Vorkommnis gründlich verdorben hatte.

„Ich muß Sie sehr um Entschuldigung bitten, Herr Wendelin, daß ich es wagte, Ihrem Hermann eine ordentliche Tracht Prügel zu verabreichen. Ich war aber im ersten Augenblick derartig erbittert, daß ich nicht anders handeln konnte."

Der Oberingenieur reichte dem Forstmanne die Hände. „Ich kann Ihnen nur danken für das herzhafte Zugreifen. Meine Frau ist sicherlich so verstört gewesen, daß sie nicht imstande war, den Knaben an Ort und Stelle zu bestrafen. Sie haben ganz in meinem Sinne gehandelt. Herr Piepenburg. Einen besseren Dienst konnten Sie mir und dem Knaben gar nicht erweisen."

„Ich habe schon im Krankenhause angefragt. Die Sache ist zwar recht schmerzhaft, doch in acht Tagen sind Jürgen und Ihre Gattin wieder hier."

Das war nun freilich eine schlimme Überraschung für Harald. Vor allem ängstigte er sich um sein Goldköpfchen. Die arme, kleine Frau hatte sich so sehr auf das Ausruhen im grünen Walde gefreut. Nun machten ihr die unartigen Kinder einen dicken Strich durch diese Freude. Von Frau Leuschner ließ er sich erzählen, wie sein Bärbel das Schreckliche aufgenommen habe, und stolze Freude erfüllte ihn, als er hörte, daß Goldköpfchen, nach den ersten Minuten der Aufregung, wieder ruhige Besonnenheit gezeigt hatte, die sie stets in schwierigen Lagen bewies.

„Ich weiß die Kinder bei Ihnen in besten Händen, Frau Leuschner. Ich halte es daher für das richtigste, wenn ich morgen früh nach Eisenach fahre, um nach den Meinen zu sehen."

„Sie können sich auf mich verlassen, Herr Wendelin. Den Kindern wird nichts zustoßen. Ich lasse sie keine Sekunde mehr allein. Außerdem macht uns der Hermann ganz bestimmt keinen schlimmen Streich mehr. Der arme Junge ist wie umgewandelt."

„Ehe ich morgen fahre, nehme ich mir den Buben nochmals gründlich vor."

„Ich möchte Sie bitten, Herr Wendelin, daß Sie ihm kein hartes Wort mehr sagen. Der Hermann hat alles Vorgefallene noch nicht überwunden. Heute abend konnte er gar nicht einschlafen. Ich habe ihm erst lange zureden müssen. Schließlich sind ihm beim Einschlafen die dicken Tränen aus den Augen gerollt."

„Eine scharfe Ermahnung wird ihm nichts schaden."

Am anderen Morgen rüstete sich der besorgte Vater zur Fahrt nach Eisenach. Die Kinder kamen. Erna flog dem Vater jubelnd um den Hals,

Hermann kam langsam näher. Er sah elend aus. Seine Augen blitzten nicht, wie das sonst der Fall gewesen, sie sahen matt und trübe aus, die frische Gesichtsfarbe fehlte.

Er ging auf den Vater zu, sah ihn ernst an und sagte leise: „So, Vati, nun kannst du mich verhauen. Ich mach's aber ganz bestimmt nicht mehr. Und wenn der Jürgen wieder gesund ist, schenke ich ihm alles, was mir Freude macht."

Der Vater hob den Zehnjährigen aufs Knie, dann sprach er ernste, aber freundliche Worte zu ihm.

„Hast recht, Vati, aber paß auf, ich nehme kein Gewehr mehr in die Hand, nie wieder. Die Mutti soll auch nie wieder weinen. Ich werde so artig, daß ihr euch alle darüber wundern werdet."

„Vati will nun zur Mutti fahren. Er läßt euch mit Frau Leuschner allein zurück. Wirst du auf das Schwesterchen gut aufpassen?"

Hermann versprach es.

Schon stand draußen der Wagen wieder bereit, der den Oberingenieur zum Bahnhof bringen sollte, da kam der Postbote. Er brachte eine ganze Menge Briefe, die Herr Wendelin zunächst in die Aktentasche steckte, um sie unterwegs zu lesen.

Im Zuge nahm Harald die erhaltenen Schreiben vor. Eines war darunter, das an Bärbel gerichtet war. Dieser Brief interessierte ihn, er trug die Adresse einer großen Familienzeitschrift. Da Bärbel dem Gatten gesagt hatte, daß er alle ihre Briefe öffnen könne, was Wendelin meistens ablehnte, glaubte er in Bärbels Interesse zu handeln, wenn er dieses Schreiben öffnete. Vielleicht enthielt es eine freudige Überraschung.

Es war an einem herrlichen Wintertage gewesen, als man im Garten einen großen Schneemann errichtete und sich die Kinder mit den Eltern bei einer Schneeballschlacht vergnügten. Da hatte Bärbel plötzlich ihre photographische Kamera hervorgeholt und den übermütigen Vater mit den drei fröhlichen Kindern geknipst. Das Bild war so vortrefflich gelungen, daß jeder, der es sah, erklärte, man habe noch nie ein so entzückendes Gruppenbild gesehen. Kurze Zeit darauf hatte eine große Familienzeitschrift ein Preisausschreiben veranstaltet und ihre Leser aufgefordert, Momentaufnahmen einzuschicken, die zu dem Thema „Elternglück" paßten. Auch Bärbel hatte sich mit diesem Bilde an dem Wettbewerb beteiligt.

Monate waren darüber hingegangen, man hatte nichts wieder gehört. Es war nur in der Zeitschrift der Bescheid gekommen, daß die Sichtung der zahlreichen Beiträge längere Zeit erfordere. Die Einsender müßten sich gedulden.

Und nun kam endlich eine Nachricht. Wendelin hatte das Schreiben geöffnet; ein freudiger Schein glitt über sein Gesicht, als er las, daß Bärbels Bild mit dem zweiten Preis ausgezeichnet worden sei und ihr dafür der Betrag von fünfhundert Mark zur Verfügung stehe, der mit gleicher Post an sie abgesandt worden wäre.

Wie würde sich sein liebes Bärbel darüber freuen! Aber auch Wendelin fühlte sich recht glücklich. Diesmal mußte sich Bärbel fügen. Sie sollte sich von diesen fünfhundert Mark einen Herzenswunsch erfüllen.

Im Krankenhause hatte Harald sein Goldköpfchen schnell gefunden. Er erschrak über ihr verstörtes Aussehen. Das Unglück schien sie stark mitgenommen zu haben. Glücklicherweise konnte ihm Bärbel recht Günstiges berichten, dann aber galt die nächste Frage dem Bruder.

„Papa ist heute nach Jena gefahren, ich denke, er bringt alles in Ordnung."

Eingehend berichtete er darauf von seiner Unterredung mit Martin, von der Reise nach Dillstadt und von den Bedingungen, die der Vater dem Leichtsinnigen stellte.

Ein Seufzer der Erleichterung kam über Bärbels Lippen.

„Die Verletzung von Jürgen hat nichts weiter auf sich – mein Bruder Martin wird nun auch zur Vernunft kommen. Mir kollern hundert Steine vom Herzen."

„Als Pflaster für die ausgestandene Angst und Sorge bringe ich meinem lieben Goldköpfchen noch eine freudige Nachricht mit."

Harald reichte seiner Frau den Brief. Bärbels Wangen färbten sich vor Freude hochrot.

„Ach, das ist herrlich! Nun kostet der Aufenthalt im Krankenhause gar nichts. Du brauchst nichts besonders herauszurücken, Harald. Ach, ist das schön!"

„Das habe ich mir gedacht", lachte er. „Ich habe mir aber fest vorgenommen, mein Goldköpfchen, diesmal dir gegenüber sehr energisch zu sein. Dieses Geld, das du dir durch deine Geschicklichkeit selbst erworben hast, bleibt dein ausschließliches Eigentum und wird von dir dazu verwendet, dir einen Herzenswunsch zu erfüllen. Nicht für mich, nicht für die Kinder, auch nicht für die Eltern und Geschwister darf dieser Betrag ausgegeben werden."

„Ach, Harald, darüber wird sich schon reden lassen."

„Nein, Goldköpfchen, ich werde sehr energisch darauf dringen, daß du diese Summe für dich behältst! Du sollst dir damit etwas schaffen, was dir eine große Herzensfreude bereitet."

Sie schaute an ihm vorbei ins Weite.

„Ich war im Walde, Harald, ich suchte mit Förster Piepenburg nach den Kindern, ich wußte, Hermann hatte das Gewehr genommen. Da hörte ich den Schuß fallen. In diesem Augenblick der allergrößten seelischen Not, habe ich mir ein Gelübde abgelegt. Wenn ich die Kinder lebend finde, alle drei, dann wollte ich irgend etwas Gutes tun, wollte jemand eine Freude machen. Eine Freude, die ihn wirklich aus innerster Bedrängnis reißt. Das habe ich mir damals geschworen.

„Mein gutes, liebes Goldköpfchen. Was du dir in jenen schrecklichen Minuten gelobt hast, das wollen wir gemeinsam erfüllen. Wir wollen unsere Augen noch mehr öffnen, wollen Not lindern, so weit wir es können, wollen uns immer daran erinnern, wieviel Güte uns wurde, wie glücklich dieser Schuß ausging. Dafür, mein liebes Goldköpfchen, sollst du nun diese fünfhundert Mark nicht opfern. Wir werden alle gern und freudig uns ein wenig mehr einschränken, immer in dem Bewußtsein, dadurch einem Menschen zu helfen, der in Not ist. So wollen wir es halten.

„Wenn ich dich so reden höre, Harald, ist es mir immer, als könnten die Stürme des Lebens gar nicht an mich herankommen. Wie eine Mauer bist du, an der all das Schlimme und Schlechte der Welt abprallt.

Bin ich nicht eine sehr glückliche Frau?“

Der Gatte lächelte zärtlich zu ihr hernieder. „Ich glaube, diese Mauer“, er wies mit dem Zeigefinger auf sich, „kann ruhig einmal niedergerissen werden. Mein Goldköpfchen wird dann schon wissen, wie es dem Leben zu begegnen hat.“

„Ich glaube das nicht, Häschen. Ohne dich wäre ich bestimmt rat- und mutlos.“

„Nein, mein Goldköpfchen. Ich habe das felsenfeste Vertrauen zu dir. Du stehst deinen Mann im Leben. Kürzlich hat man mich gefragt, ob ich für ein Jahr nach Amerika gehen wollte. Ich habe es abgelehnt, aber nicht deswegen, weil ich fürchten müßte, daß du ohne mich nicht fertig wirst, o nein, ich – ich mag mich nicht so lange von diesem lieben Goldkopf trennen. Man muß die Minuten auskosten. Dir ist es doch recht, daß ich hier bleibe?“

„Häschen, mein Häschen! So, und nun komm zu Jürgen.“ – –

Am Abend desselben Tages reiste Harald Wendelin beruhigt wieder ab. Er hatte noch eingehend mit dem Arzte gesprochen, der ihm ebenfalls bestätigte, daß keine Gefahr mehr vorhanden sei, die Wunde müßte allerdings noch einige Tage beobachtet werden. Aber in etwa acht Tagen würde man den kleinen Patienten entlassen können.

Bärbel schwankte immer noch mit ihren Entschlüssen. Nötig war sie hier nicht. Trotzdem regte sich Jürgen sehr auf, wenn er davon hörte, daß die Mutti fortfahren wollte. Der Arzt meinte auch, daß es besser sei, wenn Frau Wendelin noch drei Tage hierbliebe, damit kein Wundfieber auftrete. Kinder, die so sehr damit kein Wundfieber auftrete. Kinder, die so sehr an den Eltern hingen, litten mitunter unsäglich unter der Trennung.

Harald telephonierte täglich an seine Frau und erstattete ihr Bericht. In Tannengrund ging alles seinen geordneten Gang. Hermann war von geradezu musterhafter Artigkeit und betreute die kleine Erna mit Liebe. Er ging damit so weit, daß er sich zu Frau Leuschner setzte, um von ihr das Strümpfestopfen zu erlernen. Aber lachend hatte sie dem Knaben die Nadel aus der Hand genommen.

Den Betrag von fünfhundert Mark hatte Wendelin seiner Frau nach Eisenach gesandt. Vielleicht sah sie dort bei ihren Spaziergängen durch die Stadt etwas, das ihr besonders gut gefiel.

An jedem Morgen ließ Goldköpfchen die Scheine durch die Finger gleiten, immer wieder dabei überlegend, wie sie ihr Häschen ein wenig überlisten könne. Die größte Freude würde es ihr bereiten, wenn sie davon dem Gatten und den Kindern etwas schenken könnte. Oder aber, sie suchte später in Heidenau das alte Fräulein, das man regelmäßig unterstützte, auf und kaufte für jene ein paar notwendige und nützliche Dinge.

Da aus Tannengrund beruhigende Nachrichten kamen, hatte sich Bärbel schließlich dafür entschieden, alle acht Tage in Eisenach zu bleiben und am kommenden Sonntag den kleinen Jürgen wieder mitzunehmen. Noch hatte man acht volle Ferientage. Die Waldluft würde dem kleinen Patienten gut tun, und auch Bärbel freute sich darauf, doch noch etwas Ruhe zu haben.

An einem Morgen, als Frau Wendelin ins Krankenhaus kam, fiel ihr Blick auf eine jüngere Frau, die am Toreingang lehnte. Bärbel wollte mit einem freundlichen Gruß vorübergehen. Da trafen sich zwei Augenpaare und ein weher Seufzer schlug an Goldköpfchens Ohr.

„Kann ich Ihnen helfen? Sind Sie leidend?“

Die Frau schüttelte müde den Kopf. Aber Goldköpfchen ließ sich so rasch nicht abweisen. In ihrer Stimme lag so viel Güte und Herzlichkeit, daß ihr die Frau schließlich ihr Herz öffnete.

„Ich weiß mir keinen Rat mehr. Ja, ich bin schwerkrank, eine Operation könnte mich retten. Und dann soll ich fort."

„Sie haben aber kein Geld?"

„Oh, doch, die Krankenkasse würde es bezahlen. Ich bin eine Fabrikarbeiterin. Alles ist geregelt. Aber was mache ich mit den Kindern?"

„Sie haben Kinder?"

„Zwei. Meinen achtjährigen Hans und die um zwei Jahre jüngere Grete. Ich habe keinen Menschen. Ich bin ganz allein, und Geld, um die Kinder irgendwo unterzubringen, habe ich nicht. Wenn ich mich nicht operieren lasse, so sagt der Doktor, habe ich nur noch einige Monate zu leben."

„Können die Kinder nicht von der Stadt versorgt werden? Oder haben Sie keine befreundete Familie?"

„Nein!"

Nach einer Unterredung von fünfzehn Minuten war es Bärbel klar, daß sie hier Gutes tun konnte. Was hatte sie sich gelobt? „Zeige mir eine Mutter, zeige mir Eltern, du lieber gütiger Himmel, denen ich etwas Liebes erweisen kann. Laß mich meine Kinder gesund wiederfinden, und ich will für andere Kinder arbeiten."

„Ich habe ja Geld", flüsterte sie, „es belastet die Kasse meines Häschens nicht, wenn ich ein Weilchen für die Kinder sorge.

Einer Mutter will ich helfen, ich, die ich selbst eine so glückliche Mutter bin."

Dieser Gedanke beherrschte Goldköpfchen vollkommen. Sie konnte nichts anderes tun, als ihr helfen.

„Ich habe selbst drei Kinder", sagte sie mit strahlenden Augen. „Ihr Hans und Ihre Grete sollen mir willkommen sein. Ich komme gleich mit Ihnen.

Kann ich die Kinder einmal sehen? Ich will gut zu ihnen sein, damit sie Vertrauen zu mir haben."

Frau Knolle schien diese Worte nicht zu fassen. Wie ein Wunder kam es ihr vor, daß eine fremde Dame sich erbot, für die Kinder zu sorgen.

Eine halbe Stunde später stand Bärbel in einem kleinen, sauberen Stübchen vor zwei reizenden Kindern.

„Mein Hans macht Ihnen gewiß keine Mühe, er hat das Arbeiten zeitig gelernt und ist verständig. Und auch Grete ist ein stilles und gutes Kind."

Goldköpfchen schlang die Arme um die Kinder. Sehr schnell gelang es ihr, das Vertrauen der Kinder zu gewinnen, zumal Frau Knolle ihrem Ältesten sagte, daß diese Dame wie ein guter Engel ins Haus gekommen sei und sie dafür sorge, daß die Mutter wieder gesund werde.

Goldköpfchen hörte immer wieder die gestammelten Kinderworte: „Mutter, wirst du auch wieder gesund? Brauchst du dann nicht zu sterben?"

„Nein, o nein", sagte Goldköpfchen mit überströmenden Augen. „Deine Mutter wird wieder gesund, ihr aber müßt mit mir kommen. Ich will euch eine gute Tante sein."

„Wenn die Mutter gesund wird, komme ich mit dir."

Fassungslos stand Frau Knolle daneben. Ihr war es, als wäre alles nur ein Traum. Goldköpfchen griff energisch zu. Sie besprach alles mit der Frau.

Als sich Bärbel am Sonntag ihren kleinen Jürgen aus dem Krankenhause holte, traf sie nochmals mit Frau Knolle zusammen.

„Nun ist es soweit, liebe Frau. Worte sind zu schwach, um Ihnen zu danken. Der Himmel wird es Ihnen lohnen."

Ein Fünfzigmarkschein glitt in die Hand der Frau, dann ging Bärbel davon. Im Hotel warteten die beiden Kinder mit ihren geringen Habseligkeiten.

„Schau, Jürgen, das sind nun für die nächsten Wochen deine Gespielen. Du wirst zu Hänsel und Gretel sehr lieb sein."

„Kommen sie mit in die Försterei?“

„Jawohl, Jürgen. Nun werdet ihr noch netter zusammen spielen können.“

„Kommt auch die Hexe mit?“

„Welche Hexe?“

„Nu die aus dem Pfefferkuchenhaus. Wenn Hänsel und Gretel schon da sind, muß auch noch die Hexe kommen.“

Schon auf der Heimfahrt freundeten sich die Kinder an. Man hätte kaum glauben wollen, daß Hans nur ein Jahr älter als Jürgen war. Er wirkte so verständig und umsichtig, daß Bärbel ihre helle Freude an dem Knaben hatte.

Was würde ihr Häschen dazu sagen? Bärbel hatte den Gatten absichtlich im unklaren gelassen. Sie hatte ihm geschrieben: „Eine große Herzensfreude habe ich mir erfüllt. Das Geld wird dafür prächtig angewendet. Du wirst erstaunt sein, was ich mitbringe. Aber eine Herzensfreude ist es für mich doch.“

6. Kapitel
Erinnerungen

Wie die Zeit eilte! Die verunglückten Ferientage in Tannengrund lagen schon mehrere Monate zurück, man weilte wieder in Heidenau, und Bärbel ging ihren täglichen Pflichten wie vorher gewissenhaft nach.

Der bald einsetzende Winter brachte neue Arbeit mit. Noch immer sorgten die Kinder dafür, daß die Mutter ihren Platz am Nähtisch nicht verlassen konnte, obwohl Frau Leuschner ihr stets eifrig zur Hand ging.

Goldköpfchen schaute hinaus in den Garten. Der erste Schnee. Was war das für eine Freude für die Kinder! Beim Fallen der weißen Flocken ging ein heller Schein über ihr Gesicht. Bärbel erinnerte sich des

Schneemannes, der gebaut worden war, des Bildes, das sie geschaffen hatte, und des erhaltenen Preises.

Sie hatte das Geld nutzbringend verwendet. Keinen Augenblick bereute sie, damals Hänsel und Gretel nach Tannengrund und später nach Heidenau genommen zu haben. Die beglückten Briefe der Frau Knolle waren ihr der schönste Lohn für die edle Tat.

Sie war mit den Kindern angekommen, hatte ein wenig zögernd ihrem Häschen die Kinder entgegengeschoben und ihm erzählt, aus welchem Grunde diese neuen Gäste mit nach Tannengrund gebracht worden wären. Harald hatte kein Wort des Vorwurfes gehabt, ganz im Gegenteil. Er hatte sein Weib herzlich an sich gezogen, hatte ihm tief in die Augen geschaut und gesagt:

„Ich konnte es mir denken, mein Goldköpfchen, daß du das Geld für derartiges verwenden würdest."

Die fünf Kinder hatten sich herzlich zusammengefunden. Die Spiele, die sie gemeinsam veranstalteten, waren nicht mehr so wild und stürmisch wie früher, weil Hänsel dafür sorgte, daß weder die Kleider noch die Beete im Garten beschädigt wurden.

Sieben Wochen lang hatte Frau Wendelin die beiden Kinder zu Besuch. Eines Tages kam die Nachricht, daß Frau Knolle wieder in ihre Wohnung zurückgekehrt sei. Dann erst hatte man ihr die Kinder zurückgesandt. Bärbel hatte die Restbestände ihres Preises dafür verwendet, die Kleinen neu einzukleiden.

Frau Knolle und Hänsel schrieben regelmäßig Briefe, dankbare, glückliche Schreiben, denn diese Erholungszeit war für die beiden Kinder eine herrliche Erinnerung. Nun war Monat um Monat dahingegangen, alles war wie einst, und Bärbel fand, daß es schön und friedlich wäre, und daß sie nach wie vor überaus glücklich sei. – –

Eines Tages hielt Bärbel einen Brief in den Händen, aus dem sie nicht ganz klug wurde.

„Gnädige Frau, ich habe Sie wiedergesehen! Ich habe Sie an Ihrem goldenen Kopf erkannt, der mich einstmals so entzückte. Ich gehörte schon damals zu Ihren eifrigsten Verehrern. Mein Dichten und Trachten ging darauf hinaus, Sie dermaleinst mein eigen zu nennen. Das Schicksal war gegen mich. Ich habe in den Jahren gearbeitet, gestrebt, ein anderer hatte das holde Kleinod heimgeführt. Gnädige Frau, Bärbel, so nannte ich Sie einst, geben Sie mir Gelegenheit, Sie wiederzusehen. Alte Liebe rostet nicht. Mit Absicht verschweige ich meinen Namen, Ihr Herz wird Ihnen sagen, wer es ist, der um ein Wiedersehen fleht. Machen Sie mich glücklich, gnädige Frau, und kommen Sie am Sonntag vormittag elf Uhr auf den Bahnsteig. Ich werde aus dem von Dresden kommenden Zuge steigen, wir werden dann gemeinsam eine kleine Fahrt unternehmen. Sei es nach Pirna, sei es nach Niedersedlitz. Einerlei, ich möchte nur wieder mit Ihnen zusammen sein. In alter Liebe

ein ewiger Verehrer."

Wer mochte der Briefschreiber sein? Er behauptete, er habe sie mit Vornamen genannt. Folglich war es keiner aus dem Atelier Brausewetter. Vielleicht einer der Schüler des Kant-Gymnasiums?

Sie besah sich die Schrift genauer. Daraus ließ sich leider nichts entnehmen. Über fünfzehn Jahre war es her, daß sie Briefe mit den Schülern der Prima gewechselt hatte. Wer zählte damals zu ihren Verehrern? Gerhard Wiese, der Dichter, der Verse von berühmten Männern abschrieb und als eigene ausgab? Oder Hans Herwig, der lange Schwarze, der ihr stets die Mappe trug? Vielleicht war es aber auch Karlos, der Eleve. O nein, den hatte sie ganz aus den Augen verloren.

Zufälligerweise kam an diesem Nachmittage Bärbels alte Mitschülerin, jetzige Frau Edith Rindermark, nach Heidenau heraus, um einen kurzen Besuch zu machen.

„Es verehrt mich einer, Edith. Er will mich wiedersehen. Hier, lies den Brief. Wer ist der Kerl?"

Man riet hin und her. Vor den Augen der beiden jungen Frauen tauchte die sorglos-glückliche Jungmädchenzeit auf. Man erinnerte sich an alle

Einzelheiten. Sogar an Doktor Rollmops, den man so schlimm geärgert hatte.

„Ich möchte sagen, es ist doch einer vom Kant-Gymnasium“, sagte Edith. „Willst du nicht hingehen und ihn wiedersehen?“

„Aber, Edith, wie soll ich einen Primaner nach wenigstens sechzehn Jahren wiedererkennen.“

„Weißt du, Bärbel, ich komme auch nach Heidenau, mit demselben Zuge. Ich werde auf jeder Station in ein anderes Abteil steigen. Vielleicht erwische ich den Mann. Ich stelle mich natürlich ganz dumm. Und dann, wenn du auf dem Bahnsteig stehst, wenn er sich einbildet, du wartest auf ihn, komme ich und sage: ›Wie nett, daß du mich abgeholt hast!‹“

Schließlich zog man Harald zu Rate, der ahnungslos aus der Fabrik kam.

„Natürlich machen wir uns den Spaß, und ich komme auch mit. Wir müssen doch wissen, wer dich in aller Heimlichkeit so sehr verehrt“, lachte Harald.

Am Sonntagvormittag stand Goldköpfchen auf dem Bahnsteig, am Zeitungshäuschen war Harald zu finden.

Der Zug lief ein. Aus einem Abteil stieg zuerst Edith, hinter ihr die große, schlanke Gestalt eines Herrn, der sich suchend umsah, dann den Hut schwenkte, als er Goldköpfchen erblickte.

Bärbel zog die Stirne kraus. Sie wußte noch immer nicht, wer der Grüßende war.

„Bärbel, Sie sind gekommen, ich danke Ihnen. Kennen Sie mich wieder? Ich bin Ihr Freund Gerhard Wiese, der Dichter.“

„Guten Tag, liebes Bärbel, nett von dir, daß du mich abholtest.“

„Guten Tag, liebe Frau Rindermark, nett, daß Sie gekommen sind. Meine Frau und ich stehen seit zehn Minuten auf dem Bahnsteig und warten auf Sie.“

Alle drei hatten sich pünktlich eingefunden, Edith, dazu Herr Wendelin, der sofort herangetreten war, als Gerhard sein Bärbel angesprochen hatte.

Gerhard Wiese war betreten einen Schritt zurückgewichen. Er wußte nicht recht, wie er sich verhalten sollte. War es Zufall oder Absicht?

„Ach so, Sie sind der anonyme Briefschreiber, mein Herr? Ein Jugendfreund meiner Frau. Gestatten Sie, daß ich mich vorstelle."

Harald Wendelin sprach in freundlichem Tone, ohne jede Erregung.

„Wiese, Gerhard Wiese, ein Jugendfreund der gnädigen Frau."

„Ich habe Ihr feuriges Schreiben gelesen", lächelte Wendelin. „Beinahe könnte ich Sie beneiden um diese primanerhafte Leidenschaftlichkeit. Es tat uns leid, daß Sie Ihren Namen verschwiegen. Meine Frau hat vergeblich unter ihren einstigen Bekannten Umschau gehalten."

„Ach, Herr Wiese", sagte jetzt Edith, „wir kennen uns doch auch."

„Entschuldigen Sie, Herr Wendelin –"

Harald wandte sich lächelnd an seine Frau. „Herr Wiese will sich noch wegen des anonymen Briefes bei dir entschuldigen, Bärbel."

„Entschuldigen Sie, entschuldigen Sie –" Gerhard Wiese war derartig verärgert, kam sich außerdem so überflüssig vor, daß er am liebsten wieder in den noch wartenden Zug eingestiegen wäre.

Harald half dem Verlegenen über die peinlichen Minuten hinweg.

„Vielleicht machen Sie uns die Freude und kommen mit uns in unser Heim. Meine Frau plaudert so gern aus ihrer Jungmädchenzeit."

„Ich – ich kam nur im Auftrage eines Freundes, ich – ich habe mit dem anonymen Brief gar nichts zu tun, ich – ich habe nur die unangenehme Pflicht übernommen, der gnädigen Frau eine Botschaft zu übermitteln, und bitte um Entschuldigung. Meine Zeit ist leider beschränkt."

„Ach so, ich verstehe", lächelte Wendelin, „Sie sind gar nicht der. Nun, dann wollen wir Sie natürlich nicht länger hier zurückhalten."

„Danke, danke vielmals. Ich danke auch für die freundliche Aufforderung. Ich werde mir später erlauben, meinen Besuch zu machen."

Dann sprang er in den Zug, der bald abfuhr.

„So ein Schwindler!“ sagte Bärbel. „Er hat es noch nicht verlernt. Schon damals hat er mich bemogelt. Herrliche Gedichte hat er mir gesandt, die hat er gestohlen, und auch jetzt hat er uns beschwindelt. Natürlich hat er den Brief geschrieben, und jetzt schämt er sich.“

Bärbel kehrte zu dem Gatten zurück. „Er ist und bleibt eben ein Schwindler. Vergessen wir ihn. Ich mache einen dicken Strich unter diese Erinnerung aus meiner Jugendzeit.“

7. Kapitel
Tiefstes Leid

Im Wendelinschen Hause ging es wieder einmal recht lebhaft zu. Frau Wagner weilte seit zwei Tagen als Gast im Hause der Tochter, und die drei Enkelkinder ließen der Ärmsten keine Ruhe. Der Besuch der Großmutter hatte einen ganz besonderen Grund. In wenigen Tagen feierte Harald seinen vierzigsten Geburtstag. Unter Anleitung der guten Großmama lernten die Kinder Geburtstagsverse und beendeten ihre Geschenke.

„Ich will ja das Gedicht aufsagen, Großmama“, meinte Hermann, „ich mache aber dem Vati noch eine ganz besondere Freude. Ich habe selber einen Glückwunsch gedichtet.“

„Bist du mit deinen elf Jahren schon unter die Dichter gegangen?“

„Soll ich dir mein Gedicht mal aufsagen?“

„Gewiß, mein Junge.“

„Nein, Großmama, das ist eine Überraschung. Ich bin auch noch nicht ganz fertig mit dem Gedicht, ich dichte Tag und Nacht daran. Es wird sehr fein.“

„Großmama“, sagte die kleine Erna, „wenn Vati vierzig Jahre alt wird, ist er doch ein schrecklich alter Mann.“

„O nein, dein Vati ist noch ein junger Mann.“

„Ach nee“, lachte Jürgen. „Wenn man schon vierzigmal Weihnachten gefeiert hat, ist man ganz alt.“

Frau Wagner lachte nur dazu. Sie wußte, daß in den Augen der Kinder ein Mann von vierzig Jahren etwas sehr Altes war.

Wie freute sie sich an dem Glück ihrer Tochter! Auch ihre Ehe war eine sehr gute gewesen, aber das Verhältnis zwischen ihrem geliebten Goldköpfchen und Harald hatte noch immer so etwas Inniges und Zartes wie in der Brautzeit.

An einem herrlichen Frühlingstage feierte man im Hause des Oberingenieurs Wendelin den Geburtstag des Hausherrn. Alle drei Kinder waren schon zeitig wach, galt es doch, dem Vater um die Kaffeetasse einen Kranz von Vergißmeinnicht zu legen. Außerdem sollten vor dem Frühstück die Gedichte aufgesagt werden. Erna lief durch die Zimmer und plapperte laut und vernehmlich vor sich hin:

> „Lieb' Vati, ich bin zwar noch klein,
> Und weiß nicht viel zu sagen –“

„Nicht doch so laut, Erna“, sagte die Großmama. „Der Vati hört dein Gedicht, und du willst es ihm doch erst am Frühstückstisch sagen.“

„Großmama“, sagte Jürgen, „kannst du mein Gedicht? Ich bleib immerzu stecken. – Großmama, sage es mir doch schnell mal auf.“

Und die gute Großmama wiederholte mit dem Knaben immer wieder das Gedicht, wobei sie feststellte, daß der aufgeregte Knabe heute gar nichts mehr von dem Gelernten wußte.

Schließlich kam die Frühstücksstunde heran. Bärbel hatte sich ganz besonders nett gekleidet. Mit strahlenden Augen führte sie den Gatten an den festlich geschmückten Geburtstagstisch.

Dann kamen die Gedichte an die Reihe. Erna schrie ihre sechs Zeilen so laut, daß Anna in der Küche feststellen konnte, sie sei nicht steckengeblieben. Dann kam Jürgen an die Reihe. Er blieb dicht an der Seite der Großmama stehen.

„Geh hin, zu Vati“, ermahnte ihn die Mutter.

„Komm mit, Großmama“, sagte der Knabe mit ängstlichen Augen.

Harald merkte sofort, daß das Kind in seiner Aufregung steckenbleiben würde. Er nahm daher den sauber geschriebenen Wunschbogen zur Hand und fing selbst an, halbleise mitzulesen. Da strahlte Jürgen. Und nun ging das Gedicht auch glatt, er brauchte die Großmama nicht, weil er beständig auf Vatis Lippen starrte und von dort Hilfe und Beistand erhielt.

Als Letzter kam Hermann an die Reihe.

„Erst das olle aus dem Buche“, sagte er. „Aber dann kommt mein Extrageschenk.“

Hastig leierte er das Gedicht herunter; dann reckte er den schlanken Knabenkörper, rieb die Hände und begann:

„Du lieber Vati, du lieber Alter,
Ich bin der Hermann und nicht der Walter.
Ich bin ein glücklicher Junge, o ja,
Denn der Vati ist nämlich immer da.
Und weil du so 'n alter Mann heute bist,
Dein Hermann von heute ab immer sehr folgsam ist,
Damit dein Kopf keine weißen Haare kriegen tut,
Vati, dein Hermann ist dir sooooo gut!“

„Das war freilich ein feines Gedicht“, sagte der Vater, „das hast du selbst verfaßt?“

„Ja, in den Tagen und in den Nächten.“

„Fabelhaft. Meinst du wirklich, daß ich nun schon ein alter Mann bin? Sehe ich denn so aus?“

„Bist ein schöner, junger Mann“, piepste Erna. „Wenn ich erst groß bin, dann heirate ich dich.“

Leider mußte Harald auch an diesem Morgen zeitig nach der Fabrik gehen.

Kurz nachdem der Vater fortgegangen war, rüsteten sich auch die beiden Knaben für die Schule.

Dann war es still im Hause. Erna war in den Garten hinuntergelaufen und vergnügte sich mit dem Onkel Forstrat.

„Habt ihr eigentlich Nachricht von Martin, Mama?"

„Er schrieb nur ganz kurz, daß es ihm sehr schlecht ginge. Ach ja, mein Bärbel, es ist für eine Mutter unendlich schwer, zu wissen, daß eines der Kinder nicht recht gerät."

„Ihr habt das Möglichste für Martin getan. Es ist für ihn vielleicht ganz gut, daß er drüben in Amerika versuchen muß, aus eigener Kraft weiterzukommen."

„Wenn er nur nicht untergeht! Ich weiß, daß heute drüben in Amerika das Geld nicht auf der Straße liegt, daß es heute viel schwerer ist als früher, dort Arbeit zu finden. Der Gedanke, daß er vielleicht hungert, drückt mich recht nieder."

„Da du ihn zu einem Verwandten gegeben hast, Mama, der, wie du erzähltest, ein außerordentlich fleißiger Mann ist, wird er gewiß nicht zugrunde gehen."

„Vetter Rudolf ist ein harter Mann, Bärbel."

„Er hat sich damals sofort bereit erklärt, Martin zu sich zu nehmen. Er wird sicherlich einen guten Einfluß auf ihn ausüben."

„Das möchte ich hoffen."

Mittags kamen die beiden Knaben aus der Schule.

Voller Ungeduld warteten die Kinder auf die Rückkehr des Vaters. Erna stand seit einer halben Stunde am Gartentor und spähte die Straße hinab. Man hatte zu einem kleinen Abendessen eingeladen, an dem außer dem Forstrat und seiner Frau auch Edith mit ihrem Gatten teilnahmen.

Das Freudengeheul der kleinen Erna verkündete, daß der Vati gekommen war. Jürgen ließ sich nicht sehen. Er stand in der Speisekammer bei der Großmama und roch an der Bowle.

„Wenn sie nur gut ist! Wollen wir nicht lieber erst mal kosten, Großmama?"

„Nun gut, so hole ein Gläschen."

Jürgen stürmte in die Küche. „Anna, gib mir doch mal das große Weißbierglas!"

„Wozu brauchst du denn das?"

„Gib nur her, die Großmama braucht es!" –

„So, Großmama, hier ist ein Glas." –

„Aber, Jürgen!"

„Wir wollen schon noch mal kosten. Tu mal was 'rein."

Frau Wagner goß ein wenig in das große Glas; aber als es Jürgen zum Munde führen wollte, entfiel es seinen Händen und zerbrach.

Aber auch im Eßzimmer wäre fast zur gleichen Zeit ein Unglück geschehen. Erna war auf einen Stuhl gestiegen und damit umgefallen. Dabei hatte sie schutzsuchend nach dem Tisch gegriffen und einen der guten Teller vom Eßgeschirr auf den Boden geworfen. – Auch hier Scherben.

Harald tröstete sein verärgertes Frauchen.

„Scherben bringen Glück, Goldköpfchen. Das neue Lebensjahr steht im Zeichen von Scherben, es wird also recht glücklich sein."

„Du bist doch sonst nicht abergläubisch, Häschen."

„Bin ich auch nicht", lachte er. „Was bleibt mir aber anders übrig, um mein grollendes Frauchen zu trösten?"

Am Abend dieser Geburtstagsfeier ging es auch nicht glatt. Hermann stellte fest, daß er sich zum trinkfesten Manne ausbilden müsse, wollte durchaus den Mundschenk machen.

Erna behauptete nach dem ersten Schluck, sie hätte sich einen Affen angeschafft und sei betrunken. Sie gab im Zimmer Vorstellung, begann zu torkeln und wurde von der Mutter ernsthaft zur Ordnung gerufen.

Hermann, dem das Verhalten Ernas imponierte, erklärte, er würde Theater vorspielen, und begann einen Betrunkenen so echt zu kopieren, daß der Forstrat hell auflachte, während Harald und Bärbel erstaunt die Köpfe schüttelten. Woher hatte der Junge diese Fähigkeiten, alles so täuschend nachzuahmen?

Erst als die drei Kinder zu Bett geschickt worden waren, konnten sich die Erwachsenen einander widmen.

Mit Ende der Woche wollte Frau Wagner wieder nach Dillstadt zurückkehren. Bärbel und Harald baten inständig, die Mutter möge die schönen Frühlingstage weiterhin in Heidenau verleben, man habe doch noch nichts von der Umgegend gesehen.

„Großmama, du mußt mal nach Lerchental, das ist sooo schön!"

„Was ist denn in Lerchental zu sehen?"

„Ganz hohe Bäume, wie sie nirgendswo auf der Welt wachsen, und viele Vögel singen dort. Dann ist dort auch ein großes Storchnest. Da kannst du richtige Störche sehen. – Großmama, hast du überhaupt schon mal einen Storch gesehen?"

„Ei freilich."

„Aber so einen schönen Storch wie in Lerchental hast du noch nicht gesehen. – Mutti, können wir nicht mal nach Lerchental hinaus?"

„Da hast du einen guten Gedanken, Hermann", sagte der Vater. „Wenn am kommenden Sonntag das Wetter schön ist, gehen wir mit der Großmama nach Lerchental."

Hermann machte einen Luftsprung. „Au fein! Aber, Großmama, du bist doch schon ein so altes – eine so alte Frau, kannst du auch bis Lerchental laufen?"

„Wie weit ist es denn?"

„Bis man müde wird, dann sind wir da."

„Also abgemacht", erklärte der Vater. „Am Sonntag geht es hinaus nach Lerchental."

„Aber am Montag fahre ich heim."

So war es eine beschlossene Sache. Sehnsüchtig erwarteten die drei Kinder den Sonntag und schauten am frühen Morgen nach dem Wetter aus. Die Sonne schien hell, es stand dem Ausfluge nach Lerchental nichts im Wege.

„Es wird heute um zwölf gegessen, um ein Uhr marschieren wir ab. Es wird gewiß sehr schön werden."

Es wurde auch sehr schön. Voller Entzücken betrachtete Bärbel die Obstbäume, die hier in Mengen in vollster Blüte standen. Die Landschaft, die von sanften Hügeln durchzogen wurde, zeigte eine geradezu verschwenderische Blütenpracht. So weit das Auge reichte, sah es den weißen Blütenschnee der Kirschbäume, unterbrochen von rosaroten Pfirsichbäumen. Zwischen den Hügeln hindurch schlängelte sich ein kleines Flüßchen, an dessen Ufern die Ausflugslokale lagen. Das Flüßchen endete in einen großen See, der in seiner Mitte eine Insel aufwies. Auf dieser Insel waren Schwäne angesiedelt, die in majestätischer Haltung auf der blaugrünen Wasserfläche ihre Kreise zogen. An diesem See lag Lerchental.

Endlich mahnte Harald zum Aufbruch.

„Wir wollen zunächst den Waldweg gehen, dann ein Stück auf der Chaussee, um den großen Bogen abzukürzen. Großmama ist ein wenig ermüdet."

„Oh, es wird schon gehen", meinte lachend Frau Wagner.

„Nein, nein, Mutter. Die Chaussee ist schattig und nicht sehr befahren. Wir schlucken dort gewiß nicht zu viel Staub."

So trat man den Heimweg an. Die Kinder pflückten am Wegrain Blumen, die Erwachsenen folgten langsam. Auf der Landstraße herrschte heute aber doch reges Leben. Gar viele hatten den schönen Sonntag zu Ausflügen benutzt, ununterbrochen kamen Autos, Motorräder und Wagen dahergefahren.

Auch jetzt vernahm man wieder das laute Knattern eines daherkommenden Motorrades. Von der anderen Seite näherte sich ein Kremser, besetzt mit fröhlichen Ausflüglern.

Wendelins traten dicht an den Chausseegraben heran. Der Motorradfahrer hatte auf dem Soziussitz eine Dame, die, als man an dem Kremser vorüberfuhr, jauchzend die rote Strickjacke schwenkte und übermütige Worte den im Wagen Sitzenden zurief.

Aber dieses unerwartete Schwenken des Kleidungsstückes ließ die beiden Pferde scheuen. Sie waren ohnehin durch den vielen Verkehr unruhig geworden; der Kutscher verlor die Gewalt über die beiden Tiere, sie bäumten sich hoch auf, und Harald Wendelin erkannte im gleichen Augenblick die große Gefahr.

Ohne erst lange zu überlegen, sprang er nach vorn. Er hatte auf dem Kremser Mütter mit ihren Kindern gesehen, er bemerkte auch, wie der Kutscher, anscheinend ein wenig angetrunken, auf dem Bock schwankte und versuchte, die wildgewordenen Tiere zu halten.

Wendelin verfügte über große Kräfte, so hoffte er, einen schlimmen Unfall verhüten zu können. Wohl gelang es ihm, den beiden Tieren mit raschem Griff in den Zügel zu fallen; aber die wild gewordenen Tiere bäumten sich erneut hoch auf. Aus dem Wagen tönten entsetzte Schreie, wodurch die beiden Braunen noch erregter wurden.

Harald ließ die Tiere nicht los. Mit eiserner Kraft versuchte er die Pferde zum Stehen zu bringen, doch das laute Schreien im Wagen ließ nicht nach. Die Pferde rasten mit dem Wagen weiter, schleiften Harald Wendelin ein Stück des Weges mit sich fort, der Wagen schleuderte, und noch immer ertönten die Angstschreie aus dem Innern heraus.

Eins der Tiere war zur Seite gesprungen, Harald fühlte einen heftigen Stoß, ein schwarzer Schatten senkte sich für Sekunden über seine Augen. Dennoch sagte er sich, daß er jetzt nicht loslassen dürfe.

Und nun wieder ein Aufbäumen der Pferde, wieder ein schwerer Schlag, der ihm heftige Schmerzen verursachte. Er raffte sich nochmals auf; dann war es ihm, als würden die Tiere ruhiger. Irgend jemand stand neben ihm. Langsam ließ er die Zügel los, er glitt tiefer und immer tiefer, hinein in etwas Schwarzes. Er wollte sich aufrichten, dachte daran, daß er seinem Goldköpfchen keinen Schrecken einjagen dürfe, und plötzlich wurde es Nacht um ihn her.

Frau Wagner und Bärbel hatten das beherzte Zuspringen Haralds gesehen. Sie sahen auch, wie er den Pferden in die Zügel fiel, wie er von den rasenden Tieren mit fortgeschleift wurde. Es war ganz unmöglich, im Augenblick dem Bedrängten zu Hilfe zu kommen. Bärbel wäre dazu auch nicht imstande gewesen. Was sollte sie mit durchgehenden Pferden beginnen? Die Füße schienen ihr plötzlich wie am Boden festgewurzelt zu sein. Nochmals blickte sie dem schwankenden Wagen nach, der in eine Staubwolke eingehüllt wurde. Sie sah den Motorradfahrer zurückkommen, dem Wagen nachstürmen.

„Häschen, mein liebes Häschen", zitterte es von ihren Lippen. Dann eilte sie dem Kremser nach.

Der Wagen war zum Halten gebracht worden. Die erregten Tiere schnauften noch, aber sie standen wenigstens still. Bärbel sah, wie Männer und Frauen eiligst vom Wagen stiegen, sie hörte Weinen von Kinderstimmen, hörte erregtes Stimmgewirr und kam gerade zurecht, als zwei Männer ihren staubbedeckten Gatten an den Straßenrand trugen.

„Häschen!" Bärbel kniete an seiner Seite nieder und sah in sein bleiches Gesicht mit den geschlossenen Augen. Ihr Herz schien stillestehen zu wollen. Ihr Harald, der soeben noch froh und heiter an ihrer Seite dahingeschritten war, lag, einem Toten gleich, am Wege.

Sie zog den leichten Staubmantel aus, legte ihn vorsichtig dem Ohnmächtigen unter den Kopf und fragte mit tonloser Stimme, ob niemand Wasser oder etwas Belebendes bei sich habe. Man reichte ihr etwas Kölnisches Wasser.

„Häschen, mein Häschen!" Sie rieb dem Gatten die Schläfen, die Stirn.

Auch Frau Wagner war herangekommen, desgleichen die drei Kinder.

„Vati, Vati, was machst du denn? – Vati, haben dich die wilden Pferde geschlagen?“

Bärbel hob den Kopf und schaute mit flehenden Blicken auf die Mutter.

„Führe die Kinder ein wenig abseits.“

Sie wollten zwar anfangs nicht, aber Frau Wagner nahm sie gewaltsam mit sich fort. Es waren genügend Neugierige, die den Verunglückten umstanden.

„Das hätte ein Unglück geben können!“

„Beinahe wäre ich aus dem Wagen geschleudert worden!“

„Ach, was wäre das für ein Ende des schönen Ausfluges geworden!“

Bärbel hörte diese Stimmen nicht, die erregt durcheinanderklangen. Ihre Blicke hingen nur an dem Ohnmächtigen. Ihr Herz hämmerte so stürmisch, daß es alles übertönte. Nur von Zeit zu Zeit formten ihre Lippen ein süßes: „Häschen, mein Häschen!“

Da schlug der Verletzte die Augen auf. Am liebsten hätte Goldköpfchen den Arm um ihn gelegt und ihn aufgehoben. Sie konnte den Jubel ihres Innern kaum meistern. Aber dieser verstummte jäh, als sie sah, wie sich sein blasses Antlitz schmerzhaft verzerrte.

„Sorge dich nicht, mein Liebling.“

„Häschen, was ist dir? Du hast Schmerzen?“

„Ein wenig.“

„Lieg nur ganz still, ganz still, ich bin ja bei dir. Einer ist schon zur Stadt nach dem Arzt gefahren. Ein Wagen wird gleich hier sein. Bitte, sprich auch nicht. Willst du Wasser oder etwas anderes haben?“

„Nein, nein, es geht mir ganz gut.“

Da schlossen sich schon wieder die Augen. Wie fest er die Lippen zusammenpreßte! Es sollte wohl kein Schmerzensschrei zu der besorgten Gattin dringen. Goldköpfchen ahnte, daß die Verletzungen des Gatten viel schlimmer waren, als es den Anschein hatte. Sie verkrampfte die Hände ineinander.

„Das wirst du mir nicht antun“, sagte sie lautlos. „Nein, das tust du mir gewiß nicht an. Ich – ich glaube, ich ertrüge es nicht.“

Die Ausflügler hatten sich erboten, den Verletzten in den Kremser zu legen, um mit ihm recht schnell in Heidenau zu sein. Auch Frau Wagner hielt es für das beste, Harald recht rasch von hier fortzubringen.

„Lassen Sie mich mit anfassen“, sagte Goldköpfchen. „Er hat Schmerzen. Bitte, seien Sie recht behutsam.“

Als man Wendelin aufrichtete, konnte er ein Aufstöhnen nicht unterdrücken.

„Mein Häschen, wir tun dir weh? Häschen, daß ich dir die Schmerzen abnehmen dürfte! – Häschen, liebes, liebes Häschen!“

Sie meinte wohl, daß er die Schmerzen nicht so fühlen würde, wenn sie beständig lieb und zärtlich auf ihn einsprach. Sie sah seinen starren Blick, sah das Zucken seiner Lippen und hatte dabei ein Gefühl, als reiße man ihr das Herz in Stücke.

Man bettete den Verletzten sehr behutsam in den Wagen. Aber es war nicht ohne manchen Schmerzensruf abgegangen. Bärbel und zwei Männer waren mit in den Wagen gestiegen. Frau Wagner war mit den Kindern zurückgeblieben. Erna und Jürgen weinten. Hermann hatte tausend Fragen auf dem Herzen, die Frau Wagner nur schwer beantworten konnte. Auch sie fühlte sich so unglücklich, so verängstigt, aber sie leistete Bärbel wohl die beste Hilfe, wenn sie die neugierigen Kinder von ihr fernhielt.

Es war eine gar traurige Heimfahrt. Das Krankenhaus war benachrichtigt worden, ein Wärter war zur Stelle, der in sachkundiger Weise den Verletzten aus dem Wagen hob.

Die Schmerzensanfälle wechselten mit völliger Bewußtlosigkeit ab. Sah Harald Wendelin sein Weib, so versuchte er freundlich zu lächeln und versicherte immer wieder, daß er allerdings Schmerzen habe, daß es gewiß nichts Schlimmes sei. Bärbel hatte anfangs die Absicht gehabt, den Gatten ins eigene Heim bringen zu lassen. Es war wohl aber besser, wenn er sogleich ins Krankenhaus käme. Sie fürchtete, daß Harald schwere innere Verletzungen erhalten habe, die vielleicht eine Operation sofort notwendig machten.

Sie hörte wie aus weiter Ferne die Worte des Arztes, der sie aus dem Zimmer wies und sagte, daß er zunächst eine Untersuchung vornehmen müsse. Dann werde sie Bescheid erhalten.

„Es ist gewiß nicht so schlimm", tröstete Harald seine Frau, die den Gatten nochmals mit einem innigen Blick umfaßte. Zwei eiskalte Hände lagen für Sekunden ineinander, zwei Augenpaare grüßten sich in innigster Liebe. –

„Und nun, Herr Doktor, sagen Sie es mir ganz offen, wie steht es um mich?"

„Das Leben eines jeden Menschen steht in eines Höheren Hand."

Einige Sekunden lang verschleierten sich die Blicke des Oberingenieurs. Nach einer Weile sagte er ruhig: „Sind es noch Tage, oder sind es nur noch Stunden, Herr Doktor?"

„Sie wollen die Wahrheit wissen?"

„Ja, Herr Doktor, ohne Umschweife. An den Schmerzen, die ich aushalte, glaube ich zu erkennen, daß ärztliche Hilfe hier vergeblich ist."

„Sie haben Ihr Leben tapfer für andere geopfert, Herr Wendelin."

„Und wie lange Zeit geben Sie mir noch?"

„Sie werden noch Zeit genug haben, um sich von Ihrer lieben Frau zu verabschieden."

Die Hand Wendelins krallte sich in die Decke.

„Mein Goldköpfchen", sagte er leise. „Herr Doktor, rufen Sie mir meine Frau herein, ich glaube, ich habe nicht mehr viel Zeit."

„Ich sollte Ihnen anraten, sich nach der Untersuchung zu schonen, Herr Wendelin, aber – wenn Sie wollen, ich rufe Ihre Gattin."

„Bitte, sagen Sie ihr nichts, sie soll es von mir selbst erfahren."

Mit festem Händedruck umspannte der Arzt die Hand des Verunglückten. Dann verließ er das Zimmer.

Goldköpfchen ging im Wartezimmer auf und ab. Von Zeit zu Zeit lehnte sie sich gegen die Wand, weil ihr die Knie zu stark zitterten. Wollte diese entsetzliche Untersuchung denn nicht enden? Oder war es sehr schlimm? O nein, die Ärzte vollbrachten heute fast Wunder. Kranke, an deren Genesung man kaum glauben wollte, wurden durch Operationen wieder gesund, und ihr Häschen war eine kraftvolle Natur.

„Warum dauert es gar so lange?"

Wieder nahm sie die Wanderung durch das Zimmer auf. Sie ging hin und her, her und hin. Die Minuten dehnten sich zu Stunden.

Bis der Arzt kam. Sie wollte ihn fragen, aber nur ihre Lippen zitterten.

„Sie dürfen nun zu Ihrem Gatten hineingehen, gnädige Frau."

„Wie steht es mit ihm?" hauchte sie.

„Ihr Herr Gemahl hat sich schwere innere Verletzungen zugezogen, aber solange ein Mensch noch atmet, hoffen wir."

„Hoffen Sie wirklich, Herr Doktor?"

„Natürlich, meine liebe, gnädige Frau."

Dann war er schnell davongegangen, und auch Goldköpfchen eilte zur Tür, hinter der ihr geliebter Mann lag.

Er lächelte sie an. „Komm her, mein Goldköpfchen, du darfst dich auf die Bettkante setzen. So, und nun reiche mir auch deine liebe Hand."

„Was sagt der Arzt?"

Harald schaute seiner Frau tief in die Augen; dann hob er die Hände und strich ihr über das goldblonde Haar.

„In unserer Ehe hat niemals eine Lüge gestanden, mein liebes Goldköpfchen. In frohen, in traurigen Stunden haben wir uns immer an den Händen gehalten. – Goldköpfchen, jetzt heißt es Abschied nehmen."

Sie zuckte nicht einmal zusammen, als sie diese Worte hörte. Ihr Blick hing wie gebannt am Antlitz des Gatten. Nur ganz leise wiederholte sie: „Abschied nehmen."

„Jawohl, mein Liebling. Viele glückliche Jahre hat uns das Schicksal geschenkt, dafür wollen wir ihm dankbar sein. Wir haben ein Glück genossen, wie es nur wenigen zuteil wird. Ich danke dir, mein geliebtes Goldköpfchen, danke dir für die wonnevolle Zeit, die du mir geschaffen hast. Grüße die Kinder. Ihr Vater bittet sie, sie sollen brave Menschen werden! Das sage ihnen, sage es ihnen jetzt, sage es den Heranwachsenden, sage es ihnen in der Zeit, in der die Jugend in die Sturm- und Drangperiode kommt, und sage es ihnen immer wieder. – Nimm es nicht gar so schwer, mein Liebling. Es ist doch des Himmels Fügung."

„Häschen – –"

„Dein Häschen verläßt dich nun für eine Zeit, doch dein Häschen weiß auch, daß es eine tapfere Frau hat, die den Kampf mit dem Leben aufnimmt, die sich nicht verliert in Klagen und Jammern. Mein Goldköpfchen kennt seine Pflichten genau, mein Goldköpfchen lebt weiter für die Kinder, lebt und sorgt für sie, bis es einmal mir nachfolgt."

Bärbel hatte den Kopf an die Schulter Haralds gelegt. Sie lag ganz still und rührte sich nicht. Er schlang nochmals seinen Arm um sie.

„Eins deiner Worte fällt mir ein, gerade in unserer Scheidestunde. Damit mußt du dich später trösten. Weißt du noch, wie du mir in Tannengrund sagtest: Man muß den Kindern die Mutter erhalten? Ich sah auf dem Kremser viele Kinder. Ich konnte nicht anders handeln. Man muß den Kindern die Mutter erhalten! Da bin ich den Pferden in die Zügel gesprungen. Habe es doch von dir gelernt, zu helfen und in der Not den Bedrängten beizustehen. Und wenn ich nicht mehr bin, mein Bärbel, wirst du dich den Kindern erhalten. Du bist tapfer und stark. – Nun wollen wir uns noch einmal fröhlich in die Augen sehen. Schau mich an!“

Bärbel hatte sich aufgerichtet. Die Blicke der Ehegatten tauchten ineinander. Sie hatte die Lippen fest aufeinandergepreßt. Sie wollte nicht schreien, nicht weinen. O nein, zum Weinen war ihr auch gar nicht zumute. Hier geschah etwas ganz Unfaßliches. Ihr Harald wollte sie für immer verlassen. Ihr Inneres fror.

Sie sah seinen lieben, zärtlichen Blick, sah das Lächeln seiner Augen, das sie abschiednehmend grüßte.

„Bleib, Häschen, bleib doch bei mir, Häschen, du wirst doch nicht von mir gehen. – Häschen, ich mag nicht allein sein.“

Es klang wie verzweifeltes Gestammel, wie ein Lallen aus gebrochenem Herzen.

„Du hast noch die Kinder, mein Goldköpfchen, sie bleiben bei dir, die lasse ich dir, dir, der treuesten und besten Frau. Ich – –“

„Harald – Harald, was ist dir?“

„Laß mir deine lieben Hände – so will ich – hinübergehen. Sei tapfer – mein – Goldköpfchen – ich danke dir – mein Liebling – leb wohl – –“

„Häschen“, hauchte Bärbel, und ihre Augen waren starr auf den Gatten gerichtet. „Häschen, ich fühle es, aus meinem Innern nimmst du etwas mit. – Oh, es wird so kalt in mir. – Häschen, ich ersticke – ich – ich –“

Dann sank ein blondes Köpfchen auf die Brust eines Mannes, der soeben sanft hinübergeschlummert war.

8. Kapitel
Haralds Vermächtnis

Wohl selten hatte ein Unglücksfall so viel Teilnahme ausgelöst wie das Hinscheiden des allgemein beliebten und geachteten Oberingenieurs

Wendelin. Bekannte trafen in der Villa ein, um der unglücklichen Witwe herzliche Worte des Mitgefühls zu sagen.

Aber Bärbel ließ sich nicht sprechen. Die Mutter nahm alle Besuche entgegen. Beinahe schien es, als sei Frau Wagner untröstlicher als Bärbel. Sie hatte dick verschwollene Augen vom vielen Weinen, während Goldköpfchen in starrer Ruhe umherging und sogar zeitweilig ihre Hausfrauenpflichten erledigte.

Man hatte Harald nach der Villa gebracht, ihn dort eingesargt. Noch stand der Sarg geöffnet in der einen Vorderstube, die herrlichsten Frühlingsblumen lagen auf der weißen Decke, und fast stündlich huschte Goldköpfchen in das Zimmer hinein, um dem Entschlafenen noch ein paar liebe Worte zuzuflüstern.

Die Kinder hatten die Nachricht vom Tode des Vaters ganz verschieden aufgenommen. Als sie aber das Weinen der Großmutter hörten, weinten sie alle drei mit. Die Stille im Hause ängstigte sie. Hermann war der einzige, der den schweren Verlust, der die Kinder getroffen hatte, ein wenig würdigen konnte. Er hatte sich zitternd an die Mutter geklammert, seine tränenüberströmten Augen zu ihr aufgeschlagen und gefragt:

„Wir werden nie wieder den Vati haben? Nie wieder?“

Am meisten bedrückte den Knaben, daß die Mutter so eigenartig hohl sprach. Ihre Stimme hatte die süße Weiche verloren und klang spröde, wie eine gesprungene Glocke. Und aus dem blassen Gesicht lachten ihm keine Augen entgegen, auch die Bewegungen der Mutter waren so mechanisch. Hermann fühlte, hier fehlte etwas.

Erna freute sich über das schwarze Kleid und lachte heiter, nachdem sie sich anfangs ausgeweint hatte. Nur als sie am Sarge des Vaters stand, da verstummte auch der kleine Plaudermund, da starrte sie auf den Daliegenden nieder und begann erneut zu weinen. Jürgen betrachtete interessiert die aufgestellten Oleanderbäume und fand es sehr schön, wie der Vati so sanft schlief. Wenn aber die drei Kinder zusammensaßen, war es nur ein banges Geflüster, und schwer ging der Atem, wenn man davon sprach, daß der Vati nicht mehr wiederkommen würde.

Frau Wagner sorgte sich sehr um ihre Tochter. Hätte Goldköpfchen geweint und dadurch ihrem Schmerz Luft gemacht, es wäre gewiß besser gewesen. Aber noch war keine Träne aus dem Auge getropft. Nur das Zittern um die Lippen ließ nicht nach, und manchmal zuckte das ganze Gesicht vor verhaltenem Weh.

Aus Dillstadt war Herr Wagner gekommen. Wie ein Schlag aus heiterem Himmel hatte ihn die Nachricht getroffen, daß das große Glück seiner Tochter so jäh zerstört worden war. Er hatte Goldköpfchen fest in seine Arme genommen und innige Worte der Teilnahme gesprochen.

„Du mußt es tragen, mein liebes Kind. Du hast deine Kinder, ihnen mußt du dich erhalten."

Goldköpfchens starre Augen richteten sich auf den Vater.

„Ich habe es meinem Häschen versprochen, und ich werde mein Versprechen halten. Ich werde ihm doch seinen letzten Wunsch erfüllen. – Den letzten, Vater, kannst du das ausdenken? Niemals wieder wird er etwas wünschen. Niemals wieder!"

Dann legte sie den Kopf an des Vaters Brust. Er sah auf den goldenen Scheitel nieder. Die Tränen stiegen ihm in die Augen. Sein Kind, sein junges, immer fröhliches Kind mit den goldblonden Haaren, hatte seit zwei Tagen viele graue Fäden bekommen.

Herr und Frau Wagner fürchteten den Augenblick, da man den Sarg hinaustragen und in die Erde senken werde. Im Augenblick lief Goldköpfchen immer wieder, wenn ihr das Dasein zu schwer dünkte, hinein in das Zimmer. Einmal war Frau Wagner der Tochter nachgeschlichen. Aber sie war schnell wieder davongegangen, es war zu viel des Jammers, der sie erfaßte. Goldköpfchen lag neben dem Sarg, das Haupt auf den wachsbleichen Händen des Gatten. Sie hörte das leise Flüstern der Tochter. Ein einziger Verzweiflungsruf. Hier am Sarge löste sich das grimme Weh dieser gequälten Frauenseele, hier sprach sie mit dem Dahingegangenen, sprach letzte, letzte, allerletzte Abschiedsworte.

Einmal, als sie wieder am Sarge kniete, schlich Hermann ganz leise zu ihr heran. Erst als er besorgt die Mutter um den Hals faßte, sah sie auf. Er erschrak vor dem zerwühlten Antlitz.

„Mutti, sieh mich doch mal an!"

„Ich sehe dich, Hermann."

„Mutti, willst du mich nicht mal ausschelten oder mich anlachen? Ich habe solche Angst, Mutti!"

„Nimm Abschied vom Vati, Hermann, heute nachmittag tragen sie ihn fort."

Aber Hermann hatte Angst. Wohl legte er scheu seine Knabenhand auf die des Vaters; doch die Kälte ängstigte ihn. Er war froh, als er wieder aus dem Zimmer war. Dann weinte er lange und bitterlich.

Bald kam die Stunde, in der man Wendelin zur letzten Ruhe bettete. Bärbel stand daneben, als man den Deckel auf den Sarg legen wollte.

Nochmals kniete sie nieder, noch einmal fanden sich die Hände.

„Ich – habe es dir versprochen, mein Häschen – ich halte mein Wort, segne du mein Werk!" – –

Wagners waren recht besorgt um die Tochter. Wenn nur die Beerdigung erst vorüber wäre! Würde ihr Bärbel, das bisher wie versteinert vor Schmerz war, am offenen Grabe nicht zusammenbrechen?

Auf Wunsch Bärbels war angeordnet worden, daß nur Hermann und Jürgen dem Sarge folgten. Erna sollte daheim bleiben. Alles war zu ertragen, nur nicht das fröhliche Geplauder der Kleinsten, die für die Vorgänge noch gar kein Verständnis hatte.

In der Villa in Heidenau hatte sich ein großes Trauergefolge eingefunden. Bärbel sah und hörte nichts davon. Sie hatte sich während der Trauerfeier den Platz hinter grünen Bäumen bereiten lassen. Von hier aus konnte sie wohl den Sarg, doch nicht die anwesenden Menschen sehen. Dort saß sie ganz still, hielt nochmals Zwiesprache mit ihrem Häschen und sagte ihm immer wieder, daß sie die Kinder in seinem Geiste erziehen wolle, daß sie die Aufgabe übernehmen werde und stark sein wolle.

Wohl war der Kopf tief gesenkt, als sie hinter dem Sarge herschritt, wohl stützte sie sich mehrmals schwer auf den Vater, weil sie mitunter glaubte, umsinken zu müssen. Aber sie hielt doch das Furchtbare aus. Nur als der Sarg leise in die Gruft hinunterging, vernahm Frau Wagner ein leises Wimmern:

„Häschen –"

Dann hielt sie die ohnmächtige Tochter in den Armen. – –

*

Es war für Frau Wagner selbstverständlich, daß sie zunächst in Heidenau blieb. Sie war hier notwendiger als daheim. Herr Wagner und Kuno reisten wieder ab, sie hatten herzliche Worte für Bärbel und rieten ihr beide, in den großen Ferien nach Dillstadt zu kommen.

Goldköpfchen sagte nichts dazu. Sie war sehr still geworden. Sie zwang sich, alle Pflichten auch weiterhin getreulich zu erfüllen. Frau Wagner merkte jedoch aus jeder Bewegung ihrer Tochter, aus jedem Worte, das über deren Lippen kam, daß sie über diesen furchtbaren Schmerz nicht hinwegkam.

Man ließ Bärbel gewähren. An jedem Tage ging sie hinaus zum Friedhof und blieb dort längere Zeit. Wenn sie dann wieder heimkam, widmete sie sich den Kindern; aber es schien doch, als seien die Kleinen ein wenig in ihrer Fürsorglichkeit zurückgedrängt.

An einem Maientage eilte Goldköpfchen wieder dem Friedhofe zu. Einen Strauß der herrlichsten Blumen hielt sie in der Hand. Sie näherte sich dem Hügel, der ihr das Liebste barg.

Zwei Kinder standen am Grabe, zwei Mädchen von etwa neun und elf Jahren. Bärbel sah, wie beide eben einen Strauß auf das Grab ihres Harald legten. Sie blieb stehen. Wer waren die fremden Kinder, die zu ihrem Gatten kamen und ihm einen Liebesgruß brachten? Da sie nicht mit anderen am Grabe stehen mochte, wartete sie und gab sich den Anschein, als betrachte sie die umliegenden Gräber genauer.

„Charlotte will auch noch kommen und dem Manne Blumen bringen", sagte das ältere der beiden Kinder. „Die Mutter hat gesagt, wenn der Mann nicht gewesen wäre, hätte ich jetzt keine Mutter mehr."

„Und meine hat gesagt, wir müssen dem Manne sehr dankbar sein. Nun ist er tot. Aber zum Dank bringe ich ihm Blumen, weil ich noch meine Mutter habe."

Goldköpfchen hörte diese Worte und lehnte den Kopf an den Stamm eines Baumes. Beim letzten Zusammensein, in der qualvollen Sterbestunde, hatte Harald gesprochen, daß sein beherztes Zugreifen einem inneren Antriebe entsprungen war. Es galt damals, den Kindern die Mütter zu erhalten.

„Nun hast du deine Kinder vaterlos gemacht, mein Häschen."

Die beiden Kinder verließen den Hügel. Langsam trat Goldköpfchen heran. Es war nur ein bescheidener Strauß, der in die Fülle der anderen Blumen gelegt worden war, aber Bärbels Augen ruhten gar lange auf dieser schlichten Spende.

„Viele Mütter danken dir, viele Kinder danken dir, mein Häschen, – nur ich muß trauern."

Wie süß die Vöglein sangen, wie sanft die Blätter der Bäume rauschten! Bärbel schloß die Augen. Sie sah ihren Harald vor sich, sie fühlte seine Nähe, und fast war es, als lege sich sein Arm um ihre Schulter.

„Ich weiß, meine Frau wird tapfer sein, meine Frau wird den Kindern alles ersetzen."

„Häschen, mein Häschen, es ist so furchtbar schwer!"

Beim Heimkommen sagte ihr die Mutter, daß sie Erna ins Bett gebracht habe. Das Kind habe fiebernde Augen und heiße Hände.

Goldköpfchen erschrak. Es fiel ihm schwer aufs Herz, daß sie sich in den letzten furchtbaren Wochen viel zu wenig um die Kinder gekümmert hatte. Dabei war es doch Haralds Wunsch, daß sie den Kindern nun auch den Vater ersetzte.

Erna schlang die Arme um der Mutter Hals und begann zu weinen.

„Es tut mir überall weh, Mutti."

„Nicht weinen, Erna, deine Mutti ist jetzt bei dir und wird dich pflegen."

„Ja, Mutti", lächelte die Kleine. „Wenn du da bist, ist alles wieder gut."

Aber es wurde nicht so schnell wieder gut. Der hinzugezogene Arzt fürchtete, daß hier eine schwere Kinderkrankheit im Anzuge sei.

„Sie werden die beiden Knaben absperren müssen, gnädige Frau, und, falls Sie auch keine Pflegerin nehmen, mit der Kleinen allein bleiben müssen."

„Was fürchten Sie, Herr Doktor?"

„Scharlach."

Wieder erschrak Goldköpfchen. Sollte ihr vielleicht auch noch die kleine Erna genommen werden? Holte Harald sich seine Jüngste nach?

„Wenn es dir recht ist, mein liebes Bärbel, so sondere ich mich mit Erna ab, und du bleibst bei den beiden anderen Kindern."

„Nein, Mama", erwiderte Goldköpfchen ernst. „Die Mutter gehört in schwerer Krankheit an das Bett ihres Kindes. Ich habe heilige Pflichten zu erfüllen und will nichts versäumen."

„Es wird eine schwere Pflege werden, mein liebes Bärbel."

„Das wird gerade gut für mich sein, Mama."

„Du bist furchtbar herunter, mein Bärbel. Dir würde Schonung jetzt sehr gut tun. Laß mich lieber bei Erna bleiben. – Nicht wahr, kleine Erna, die Großmama soll dich gesundpflegen?"

„Ja, die Großmama und die Mutti."

„Nein, Erna, einer muß bei den Brüdern bleiben."

„Mutti, bleib hier!“ Erna streckte die heißen Händchen verlangend nach Goldköpfchen aus.

„Jawohl, mein Liebling, deine Mutti bleibt bei dir.“

Schon am nächsten Tage stellte der Arzt einen heftig auftretenden Scharlach fest. Am Abend klagte Jürgen über einen schweren Kopf und Kältegefühl.

„Ich fürchte“, meinte Frau Wagner, „daß wir auch noch den Jürgen ins Krankenzimmer legen können.“

Auch Jürgen wurde von der tückischen Krankheit erfaßt. Bärbel sonderte sich mit den beiden Kindern in dem abgelegensten Raume ab. Nur Frau Leuschner war die einzige, die im Krankenzimmer ein und aus ging. Weder Frau Wagner noch Anna, das Hausmädchen, durften mit den Erkrankten in Berührung kommen. Der Forstrat und seine Gattin hatten sich erboten, Hermann zu sich zu nehmen, damit nicht auch noch der Älteste erkrankte.

Für Bärbel begann nun eine aufregende Zeit. Der Scharlach trat so heftig auf, daß es Tage gab, an denen Goldköpfchen um das Leben der beiden Kinder zitterte. Sie mußte die Besuche am Grabe des Gatten ganz einstellen. Hier war sie nötiger. In den stillen Nachtstunden, in denen die Kinder schliefen, hielt sie gar oft mit dem Dahingegangenen Zwiesprache.

„Mir ist es, als sei diese Krankheit eine sanfte Mahnung von dir, mein Häschen. Du hast mir auch jetzt den rechten Weg gewiesen, denn ich drohte mich zu verlieren. Ich habe die Kinder an die zweite Stelle gerückt, habe zuviel an dich gedacht. Ach, mein Häschen, als ob du mir jemals aus den Gedanken schwinden würdest! Du bist auch jetzt um mich. Ich fühle es, du bangst gleich mir um das Leben der Kinder, du hilfst mir, du machst mich stark. Ich danke dir dafür, mein Häschen, und verspreche dir aufs neue, daß ich für die Kinder leben und schaffen will, solange noch Atem in mir ist.“

Frau Leuschner sah mit Sorgen, wie Goldköpfchen immer elender und kümmerlicher wurde. Besorgt sprach sie mit dem Arzt darüber.

„Lassen Sie es nur gut sein, Frau Leuschner. Ich glaube, es ist die beste Medizin, die wir der jungen Witwe eingeben können. Jetzt zittert sie um das Leben der beiden Kinder; ich denke aber mit aller Bestimmtheit, daß die Kleinen durchkommen werden. Unsere junge Frau versäumt ja nichts, und der Himmel hat nach dieser schweren Prüfung ganz gewiß Erbarmen mit ihr. Es ist freilich reichlich viel, was über sie hereinbricht; aber es hat auch sein Gutes. Sie wäre vielleicht an ihrem großen Seelenschmerz langsam zugrunde gegangen. Nun weiß sie, für wen sie zu leben, um was sie zu zittern hat."

Nach mehreren Wochen des Bangens konnte Goldköpfchen die beruhigende Nachricht entgegennehmen, daß beide Kinder außer Gefahr seien.

„Das haben Sie brav gemacht, liebe Frau Wendelin", sagte der Arzt und schüttelte der jungen Mutter kräftig die Hand. „Nun aber heißt es, auch weiterhin ein wachsames Auge auf die Geschwächten zu haben. Vergessen Sie nicht, daß Sie den Kleinen jetzt Vater und Mutter sind."

Bärbel schlug die umflorten Augen zu dem alten treuen Arzte auf.

„Ich vergesse es nicht, Herr Doktor."

Mit Jubel empfing Hermann zwei Wochen später die Geschwister. Er hatte allerlei kleine Geschenke zusammengebastelt, um Jürgen und Erna damit zu erfreuen. Aber auch für die Mutter hatte er eine Überraschung. Um das Bild des Vaters, die letzte Aufnahme, die Bärbel von dem Gatten gemacht hatte, war ein kleiner Rahmen gefertigt worden. Zwar noch etwas ungeschickt, aber doch mit vieler Mühe und Sorgfalt.

Wieder ging ein Zucken über Bärbels Gesicht, als ihr Hermann das Bild brachte.

„Mutti", sagte er zärtlich, „ich habe so lange Zeit meine liebe Mutti nicht gesehen. Oh, das war sehr schlimm. Erst war schon Vati fort, und du auch noch. Aber nun sind die Kleinen gesund, jetzt bleibst du wieder bei mir. Wie gut hatten es Jürgen und Erna! Jeden Abend habe ich mir gewünscht, daß ich auch den Scharlach kriegte. Ich mag nicht so lange ohne meine liebe Mutti sein. Weißt du, es ist wohl sehr schlimm, daß der Vati fortging und nicht mehr wiederkommt; aber wenn du fortgingst, oh, das wäre noch viel schlimmer. Dann möchte ich auch nicht mehr leben."

Bärbel schloß die Augen. Wieder sah sie den sterbenden Gatten vor sich, aufs neue hörte sie seine Worte, daß man den Kindern die Mutter erhalten müsse. Sie legte den Arm um Hermann.

„Ja, mein Kind, es ist schlimm, daß uns der Vati genommen wurde. Ihr müßt nun doppelt artig und fleißig sein. Vati hat euch gebeten, ihr sollt der Mutti keinen Kummer machen, ihr sollt brave und tüchtige Menschen werden."

„Und das machen wir auch, Mutti. Du sollst wieder froh sein und lachen können. Weißt du, Mutti, ich bin doch nun schon ein großer Junge. Wenn der Jürgen und die Erna wieder frech sind, dann nehme ich den Stock. Wenn wir jetzt keinen Vati haben, werde ich von nun an der Vati sein. Oh, sie werden mir schon folgen. Hab' mal keine Angst, liebe Mutti, daß du nun so allein bist. Ich bin ein Mann, wir beide schaffen es schon."

Da glitt seit langen Wochen über Bärbels verhärmtes Antlitz der Schein eines Lächelns.

„Mutti", rief Hermann mit erstickter Stimme, „siehst du, Mutti, nun fängst du wieder an, dich zu freuen. Ach, Mutti, liebe, liebe Mutti!" Und plötzlich drückte der Knabe sein Gesicht an Bärbels Schulter und schluchzte.

„Aber, Hermann, warum weinst du?"

„Mir ist es im Innern so heiß und so voll, du bist wieder froh, Mutti. Ach, Mutti, gute Mutti, es war so schrecklich!"

„Mein lieber, lieber Junge! Ja, die Mutti wird wieder lachen können. Ja, sie wird lachen. Ihr sollt die Sonne in eurem Leben nicht missen."

Aber Bärbel lachte nicht. Im Gegenteil. Ihr war es plötzlich, als sprängen von ihrem Herzen einige Eisenbänder ab, und dann legte sie die Hände vor das Gesicht und begann heftig zu weinen. Endlich, endlich nach langen Wochen banger, innerer Qual kamen die erlösenden Tränen.

Hermann schaute verängstigt auf die weinende Mutter. Das begriff er nun freilich nicht. Er schlich ganz leise aus dem Zimmer, ging zur Großmutter und sagte mit zitternder Stimme:

„Die Mutti weint."

Ein erlöster Seufzer kam über Frau Wagners Lippen. Ihre Hände falteten sich.

„Sie weint", sagte sie innig. „Dem Himmel sei gedankt, daß sich dieser Schmerz endlich in Tränen löst. Nicht traurig sein, kleiner Hermann."

„Die Mutti soll doch lachen, nicht weinen."

„Habe nur Geduld, mein Junge. Nun weiß ich es, daß deine Mutti auch wieder lachen wird. Aber du mußt noch ein Weilchen darauf warten."

„Warten will ich schon, Großmama, wenn sie nur wieder froh wird und mit uns lacht. Ich will auch immer sehr brav sein, und wenn wir eben keinen Vati haben, will ich der Vati sein."

„Laß gut sein, Hermann, eure Mutter wird euch auch den Vater ersetzen, ihr müßt nur die letzte Bitte eures Vaters erfüllen und euch bemühen, gut, wahrhaft und fleißig zu sein."

Frau Wagner ließ mit Bitten und Vorstellungen nicht eher nach, als bis Bärbel sich entschloß, mit den Kindern nach Dillstadt zu reisen, um dort die großen Ferien zu verbringen.

„Du brauchst endlich Schonung, mein liebes Bärbel, du brauchst Ruhe und eine andere Umgebung. Du mußt kommen, denn sonst besteht die Gefahr, daß du krank wirst."

„Ich komme, Mama, weil ich fühle, daß ich neue Kräfte zu meinem Lebenswerke sammeln muß. In Dillstadt will ich mir in Ruhe überlegen, wie ich in Zukunft mein Leben einrichten werde. Es gehört meinen Kindern, ich will meine Pflichten treu erfüllen."

Am Tage der Abreise ging Bärbel am frühen Morgen nochmals zum Friedhofe hinaus. Sie schmückte das Grab überreich mit Blumen. Dann legte sie den Kopf an den hohen Stein.

„Ich will dein Vermächtnis heilig halten, mein Häschen. Dein Geist, deine Liebe sind um mich. Ich will stark sein, will dermaleinst zu dir treten können, um dir zu sagen: ›Hier hast du die Pfänder unserer Liebe, ich habe sie in deinem Sinne erzogen.‹ Du lebst weiter in ihnen. Es ist mir heiliger Ernst um meine Aufgabe. Und nun lebe wohl, mein Häschen. Wenn ich in der nächsten Zeit nicht zu dir komme, so fühle ich dich ständig um mich. Ja, ich will stark sein. Lebe wohl, lebe wohl, ruhe in Frieden!“

Noch einige Tränen tropften auf den Hügel. Dann raffte sich die junge Frau auf und schritt mit erhobenem Kopfe durch die Friedhofspforte.

Und leise sprachen Goldköpfchens Lippen:

„Einem neuen Leben entgegen, mutig und voll Energie! Ich denke, es ist in deinem Sinne, mein Häschen!“

CPSIA information can be obtained
at www.ICGtesting.com
Printed in the USA
LVHW051455071222
734629LV00030B/976

9 783988 283627